九月のある早朝
煙草を吸いに公園に面したウッドデッキに出た
家のほうにむかってせり出したソメイヨシノの法師蟬がひとしきり鳴いた
（まるで今年の鳴きおさめのように）
ツクシオーシ　ツクシオーシ　ツクシコイシ　ツクシコイシイイイ
鳴き終わってふと気づいた
今年の法師蟬の声がひとしお身にしみて聞こえるのは母が死んだからだ
「母います国」が恋しくて蟬になったわたしの魂が鳴いている、と
けれどもわたしは泣かなかった
泣かなかった

現代詩文庫 231

思潮社

近藤洋太詩集・目次

装幀・菊地信義

詩篇

詩集〈もがく鳥〉から

樹木譚

やたらに喉の渇く夢をばかりみた
夢はいつも静謐な水甕のそばまでくると音もなく割れる
のだ
やってくるまばゆい朝なんかいらない
悲しみを共有しようなんて嘘っぱちさ

ちがうちがうちがう
あなたは世界を病んでいるのよ
おびえるようにくりかえしながら
あなたはやさしい手つきでぼくの背中をさすってくれた

唐突にぼくがあの忌わしい神話に憑かれ始めた午後
あれからあなたは一本の樹
中空高く聳えたつ一本のさみしい樹だ

樹のまわりを巡りながら道行くひとに問うてみるのだ
醒めない夢を売る店はないか
いや醒めても目覚めぬ夢をひとつ譲っておくれでないか

あなたに似たひと

夢のなかにあなたを忘れてきてしまったのである
けれどもぼくはあなたの何を忘れてきたのだろう
あなたの表情をおもいだせない
もうあなたのしぐささえ忘れてしまったというのに

夜があふれだすとぼくがこんなに焦がれるのは
きっとその忘れもののせいだ
あなたとあなたに似たひとの区別がつかない
そのせいに違いないのだ

街の時間を追い越して

隣りの街まで駆け抜けて行ったけれど
あるものはかかえきれぬほどのものばかり

毎晩夢のなかに入っては
あなたの名を呼び続けるけれど
逢えるのはあなたによく似たひとばかりだ

なぞる

あなたをなぞろうとする
あなたの肩をあなたの腰を
あなたはいやいやしながら少しずつずれてゆく
ついにはするりとからだをかわして

あなたは鳥になる
ぼくは空を飛ぶ真似をする
あなたは魚になる
ぼくは海を泳ぐ真似をする

ぼくは鳥の言葉を覚え魚のなかを巡る時間にたえた
なぞる意味を知ろうとしたその瞬間
不意討ちの失語症にぼくはおそわれた

ぼくが眠るとあなたは還ってくる
まるでおとぎをするように
視えない隣りからぼくをなぞりはじめるのだ

＊

もがく鳥

水のない湖でもがいている鳥をみても決して騙されるな
街がもう胸もとまで浸されているというのに
ぼくの胸のあたりにまでおし寄せる波が確かに聴こえる
　のに
どうしてもぼくは触ることができない

ぼくには視える
少しずつけれども正確に狂いはじめる朝が
やってくるんだきっと
街の扉という扉を蹴破って一斉に水がなだれこんでくる
　夜が

ぼくはいつから吃る癖がついてしまった
きみとの対話がこんなにまだるっこくなったのはいつか
ら

ぼくらもうどのくらい抱きあっていない

ばさりばさりと不吉な翼をひろげて降りてくる
やつらくらしの内部へむかってぎっしりと逆さにならぶ
やつらみつめれば不意に視野を遮ってはばたいてゆく

憎悪週間《ヘイト・ウィーク》

——I・Mに

殻の内側を喰いつぶし喰いやぶって
やつらそこでいつも居直るんだ
卵は成長しても卵だと
次第にふくれはじめ巨大な卵となって孵化するその朝ま
で

週のはじめからおわりまで
魂の中心からサンドバッグをぶらさげて
昨日を殴れ今日を殴れ明日を殴れ
けれど砂ばかりだ畜生！

Iよ　牛乳配達夫のI
夢のなかできみは寡黙に背中をばかりみせるが
きみの配達する朝はいまも新鮮だろうか

死ねるもんか

ぼくがぼくから拡がれないうちは
憎悪がひとつの意志のようにこぶしをつくったまま

悪い夏

不意に夏
肢体を存分にのばし日灼けした少女がゆっくりと笑いか
　ける
十万枚の彼女のポスターが一斉に笑いだす
一枚目と十万枚目の少女が寸分たがわないなんて不当だ

憎悪する一瞬さきを見事にかすめとって
拡大され続けるぼくら自身の声ぼくらの顔
狂気を模倣するドラム・ソロを力まかせにぶん殴って
きみはきみ自身の夏を深くとりかえすことができるか
汗ばむ夏　まばゆい夏
熱っぽくみつめかえす夏　問いかける夏

ああやってこいどんな夏でもいいから
最後に十万枚目の少女のポスターを剝がし
ぼくは更にでてゆく
カレンダーのなかのめくられることのない八月へ

恐怖の梯子

恐怖の梯子を降りてゆこう
魂の電柱に必死でしがみつきぶるぶるふるえてやがる
撃たれそこねた鳥ども　墜ちそこねた鳥ども
やつらまだあんなにまるまる肥ってやがるから

水びたしの回廊をどこまでもどこまでも逃げてゆく
きみの後姿のストップモーション
それは日毎のくらしにまぎれ老いてゆくきみの決意その
　ものだ
きみの近況報告を執拗に親展で送りかえし

もうこんなに痩せ細った昏い希望を
日曜日のバタ付きトーストのようにベタベタぬりつけてやる
きみよぼくの敵意を手加減せずにうけてくれ
ブーメランのようにいつだって還ってゆく徒党のあるやつら
やつらの姿がついに視えはじめるまで睨みつけたまま
ぼくは降りてゆく　恐怖の梯子を

二十五歳

はげしく夢みられたまま昏れてゆくぼくら徒労の一日
鳥肌だった少女の細い脚だけがころがるように眠っている
遠い納屋でとっくに縊れているぼくらの肉声
次の金曜また次の金曜！　ぼくらにどんな成算があるというのか
草の茎を噛みちぎれぬ夢ばかりだ　せめて孕んだ夢と等量の
充実した疲労をよこせ　美しくにじむ汗を
ああだが踏みつけても踏みつけても毀れずに
夥しく産卵され続ける希望の無精卵

やつらのこすりつけてくる媚びた笑いを凍らせる
ヒリヒリしたけものの肉眼が欲しい
喰らいついたら骨まで噛み砕くひかる犬歯が欲しい

出あいがしらのものをことごとく挑発してゆくことで
せりあがってくるものを熱い憎悪に鍛えあげてゆく
やってこいぬるい水ども

眠れ　眠れ

労働というキラキラかがやく言葉が見事に褪せてしまった日々
ずぶぬれの眠りのなかでしかし
いちどきに萌えいでさせようとするかすかな意志に似たもの
潮騒のようにぼくらのうちを熱くひたはしるものはなに

今日も妻の待つ部屋の真下
ぼくを乗せた地下鉄電車はいっさんに走りすぎる
ぼくらのくらしとは昆虫のように腰をかがめ背をむけあって
ただ待ち続けることなのか

笑いさざめきながらやつら明日もゆうゆうと生きのびるだろう
チェッ！　決して実ることのないくらし
チェッ！　どこかで封じこめられたままの熱い解放

絶望するんだ　せいいっぱい絶望するんだ
還ってゆけ　朝毎の新聞にはさみこまれてくるちっぽけな希望
胃薬でまぎらすちっぽけな恐怖ども

（『もがく鳥』一九七八年私家版）

詩集〈七十五人の帰還〉から

十五少年漂流記

ふっとぶマスト
砕け散る救命ボートよ
船板を突き破っておそってくる波の行方も知らされず
漂流記の第一ページ
色刷りグラビアのなかに閉じこめられてしまった嵐の
なんて遠い熱狂！

難破する船の船底の無線室では
酔いどれの水夫がもう還ることのない陸地めがけて
デタラメな恋文を拳銃みたいに打電している
壜につめて流した手紙
つばめに託して飛ばした手紙の
返事ヲ下サイ　返事ヲ下サイ

東海岸へゆこう
飼いならしたオウムのおそろしい言葉にそそのかされて
十五人の少年たち
森をぬけ〈失望湾〉にたどりつくころには
うつむく鳥になっているだろう
彼ら地を這うなんという鳥に進化したのか

ボートを漕いで沖へ出ていったとしても
もはやきみらを救助する貨物船には出会わないだろう
岸辺のないきみらの航海のゆく先々で
どんなに嵐がきみらを熱狂させたとしても
島をふりかえるな！　塩の柱になるから
うねりふくれあがるばかりの波にむかって　さあ！

トム・ソーヤーの冒険

溶暗してゆく森をくぐって帰還するトム・ソーヤー
一本の樹も怒らせることなく

前歯一本へし折られることもなく
冒険？
しかし目がくらむような鮮烈な恐怖に
かつてだれが出会うことがあったか

両手を腰にあて戸口のところにたちふさがって
ベッキー・サッチャーが叫ぶ
アイ・ヘイ・チュー　アイヘイチュー！
眉をつりあげ髪をふりみだし女優そっくりに叫びだす
いいとも憎悪してくれ　掛値なしに憎悪してくれ
救われてたまるかって！

あふれる闇に立ちつくすトム・ソーヤー
苦い牛乳をごくごく飲みほして
さてどこへゆこう
きみの一張羅のスーツをどんなに泥だらけにしても
ハック・フィンみたいに古樽のなかにもぐりこめやしな
い
遅かった　山賊になるには一日だけ遅すぎた

牛乳壜の内側のようなねばい朝で目覚めるわけにはいか
ない
ならばトム・ソーヤー
とぎれとぎれの夢のなかで
ずぶぬれになって鍵盤をたたき続けるあの男をおそえ
獰猛なニワトリがつぎつぎに孕む
腐った卵をなげつけろ！

ガリバー旅行記

ふくれあがる靴　伸びる背骨におびえて
ひどい寝汗をかいていたがガリバー
巨大になってしまえばなにもおそれることはなかった
公然と見張られ縛られたそのままの姿勢で
老いること
一気に老いることの勇気！

くるぶしに刺さった木綿針ほどの槍が
ついにひきぬけないままに目覚めて
きみは今朝も湿った丸首シャツを着るだろう
百人分のパンが用意された食卓にむかい
きみは数えだす
一人分ずつのパンが一日の労働にどんなふうに見合うん
　だったか

胸を突きあげてくる熱い波をかきわけ
かきわけて凱旋してくるガリバー
ブレフスキュ国からきみが曳いてきたもの　あれは
軍艦よりも更に大きな疲労
全身にうけた槍の傷口を癒やす
どんな膏薬も慰安もきみにありはしなかったさ

槍よけの眼鏡をはずしドウと倒れこむガリバー
ずぶぬれの毛布にくるまって
ただ嵐にまかせ　波まかせ
朽ち果ててゆくんだ
浜に打ちあげられ朝の光にさらされる
腐った木片になるまで

ロビンソン漂流記

険悪な嵐の色に似た上着を着て
今日も一日島を歩きまわったクルーソー
血眼になってきみはなにをさがしていたのか
切傷だらけのその足をひきずってねぐらにもどり
上着を脱いだとしても
おさまるものか！　きみのなかの嵐

波打際にたてた巨大な十字架に
きみは明日の朝もナイフで刻みを入れるだろう
きみにだって恐怖なのだ
歳月はどんどん経ってゆくというのに
ねじまげられた五寸釘みたいな怒りは
いっこうにおさまらないということが

きみはつくりだす
麦の穂を入れる頑丈な籠を
日除けの傘を　水甕を
それらのことごとくがどこかいびつだ
クルーソー　きみにだってわかっているはずだ
流した汗があまりにはやく冷えてゆくその理由が

疲れ果て涎を垂らして
身動きもせずに眠るクルーソー
だれにも起こせない深い夢のなかできみはいま
どこにも漕ぎだせないまま放置された丸木舟の
その二十フィートの横腹に鉋をかける
更に凶暴になって

ハックルベリー・フィンの冒険

くたばれ爺！　くたばれこの死に損ない
オールで何度ぶん殴っても
またぞろ浮かびあがってくる禿頭のドーフィン
うつぶせになったまま
両手をひろげてゆっくりと沈んでゆくのは
ハック・フィン　きみの溺死体

セイラ・ウィリアムズ、ジョージ・ジャクソン、アドルフス
そしてトム・ソーヤー
どんなに名前を変え声音をつかっても
きみはハック・フィン
きみ以外のだれにもなれやしなかった
畜生！　だましおおせやしなかった

朝焼けの不吉な色を背中に浴び
バラバラになりそうな筏に必死でしがみついて
おそろしい河口にむかってどんどん流されてゆくハック・フィン
握られたメアリ・ジェーンのやけにつめたかった手も

そしてその赤毛も
きみはもうどんな嵐のなかでさえ思いだせやしない
パンの塊のなかに水銀を入れて流すと
どうしてきみの溺死体のほうへ寄ってゆくんだろう
引き揚げてみてもそれはきまって酔いどれのドーフィン
全身コールタールと羽根におおわれ
こづかれひきたてられてゆくのは
ハック・フィン　なぜかきみのほうだ

宝島

林檎樽にもぐりこんだまま
波の音やら船の動揺やらで
つい眠りこんでしまったジム・ホーキンズ
いつしか大海原のなかにひとりとり残され
漂流しはじめている自分に気づくだろう
きみは芥子粒ほどに小さくなって遠ざかって

八銀貨！　八銀貨！　八銀貨！
オウムのフリント船長の金切り声で
がばと跳び起きるジム・ホーキンズ
寝汗をしきりに拭いながらきみはくりかえす
生きて還ってきたさ
屋根の高さほどもある波が打ちよせる呪われた島から

だがきみにはどうしようもなくみえるのだ
ベンホー提督亭の日々のなかで
鮒みたいに白い腹をかえして死んでいる自分が
チーズの夢を見続けつらい夜をくぐるベン・ガンも
三、四百ギニーしか奪えずに遁走するジョン・シルバー
も
きみからは芥子粒ほどに小さくなって遠ざかって

ようそろ　ようそろ　ようそろ
林檎樽にもぐりこんだままのジム・ホーキンズは
屋根の高さほどもある波のしぶきでずぶぬれになりなが

ら
とぎれとぎれの胴間声の唄にあわせて唄いだす
〈七十五人で船出をしたが
　生き残ったはただひとり

＊

つらい夢をふり払って
——故M・Hに

朝焼けのなかで突っ伏したままのあなたのほうへ
近づいてくるいくつもの乱れた足音
そのままの姿勢であなたは
足音の主をそれぞれに聴きわけている

なんでもないさ
からだの埃を軽く払って
あなたは起きあがろうとした

つらい夢をふり払って朝の身仕度にかかる時のように

けれどもどうしたわけだか
あなた自身がそれを拒んで短かく叫んだのだ
起こさないでくれ
どうかもう起こさないでくれ

すりきれるまで聴いた「朝日のようにさわやかに」の
マッコイ・タイナーのピアノに続くいまひとつの朝
その朝を手ぶらで待ちあぐねたあなたの
棒きれのように転がったままの死

ふりかえりもせずすたすた歩み去ってゆく
あなたの背中にかける言葉も思いだせずにいるうちに
牛乳壜のこすれあう音とともにやってくる朝
きついほどにネクタイを締めあげて

溢れる光を

――夏樹生後百日目に

わたしがみなれた樹木や空を
あなたがはじめてみあげたとき
それらはどんなに新鮮な奥行きをもっていたことだろう
溢れる光をあなたはいつまで覚えていることができるだ
　ろうか
その強い眼差しをはじくものなどありはしないというの
　に
まるで大人国《ブロブディンナグ》から帰還したばかりの
ガリバーみたいに大声で
あなたは何を訴えようとしているのか

あなたがはじめて飲みほすコップ一杯の水
けれどもたちまち
いっそう激しい渇きがあなたをおそうだろう
何杯飲みつくしても一向に癒されない渇きに
あなたは知るだろう
うつむくことを　どもることを
それがどうしようもなく憎しみに変ってゆくとしても
わたしに何ができるというのか

不意にみえてくる
夕餉の食卓を蹴飛ばし朱塗の箸を投げ捨てて
突っ立ったままのわたしの父のとほうもなく大きい背中
喉元のあたりでせめぎあう
くらしのねばい水どもにとり囲まれて
箸を投げ捨てはしたが
くらしまでは捨てきれやしなかった
わたしの父のとほうもなくさみしい背中よ

これはあなたの母のスナップショット
首をやや傾げ　気をつけの格好でこちらをみている
その黄色い妊婦服
背後の芝生のなんというまばゆさ
あなたが生まれる前にも
こうしてひとは光を浴びて立っていた

あなたはいつまで覚えていることができるだろうか
スナップショットの溢れる光を

武蔵野操車場

陸橋のうえからみている
武蔵野操車場　そのさみしいひろがりを
ずっと遠くで連結器がつながる音
つぎつぎに連鎖しながら近づいてくる

無蓋貨車に積みこまれたU字溝
砂利　汚れた麻袋が五、六個
それらはどこから運ばれてきて
どこへ運ばれてゆくのだろう

悲鳴に似た鋭く細い汽笛
するとあたりが急にざわめいて
なにか必死に立ちあがろうとするものの気配

わかってるよ　あれは気配ばかりだ

視野のはしっこで
立ち枯れているセイタカアワダチソウ
わからない　それらがなにに拠って立っているのか
わたしはなにに拠って立っているのか

どこへ運ばれてゆくのだろう　わたしたちは
ゆっくりと通り過ぎてゆく果てしない貨車の列

紫陽花寺まで

国道六号線を横切り
起伏のある休耕田のなかの道を
親子三人の足でなら二十分
横道から紫陽花寺の参道に出る
初夏《はつなつ》の雨上がりの午後

境内はひっそりとしていて
両側から行く手をさえぎるようにして
まだ花の咲かない紫陽花が青々と茂っている

濡れている石畳の道を
鎖骨を折ってギプスをつけたままの息子が
バランスをなくしそうになりながら
靴音をたてて駆けてゆく

そのあとを妻と腕を組んで歩く
十年前、初夏の汗ばむほどの明るい午後に
ふたりして神田の古本屋街を歩いた時のように
あれからわたしたちは何を忘れてきたのだったか

おみくじは第十五番小吉
「待人　来る　驚く事あり」
わたしたちのくらしのなかに突然やってくる
待人とは誰であるのか

家族は不安な筏だから……
だから今夜も「川」の字に布団を敷いて
みえない紐で互いをくくり身を寄せあって眠る
別々のしんどい夢をみて

ファインダーからのぞくとむこうで手をふっている
あれがわたしの妻と息子であるのか
カメラを縦位置に直してまだ押しかねている
心のほうのシャッターを

（『七十五人の帰還』一九八一年七月堂刊）

詩集〈カムイレンカイ〉から

創世記二題

ロトの妻

逃遁《のがれ》て汝《なんじ》の生命《いのち》を救《すく》へ後《うしろ》を回顧《かへりみ》るなかれ低地《くぼち》の中《うち》に止《とゞま》るな
かれ山《やま》に遁《のが》れよ否《しから》ずば爾滅《なんじほろぼ》されん　（創世記　一九ノ一七）

空が白みはじめる道を南へ
一目散に逃げるロトとその妻　娘たち
やがて地平線から太陽が昇れば
神の激しい怒りが
ソドムとゴモラ　アダマとセボイム
これらの町のすべての民と地に生える草木に及ぶから
ツォアルの門が見えはじめた時
しかしだれかがかすかにロトの妻の肩に触れたのだ
呼びとめた者はだれであったか
なぜ彼女は立ちどまりふりかえったのか
見てはいけないなにを見てしまったのだったか
それは神の怒りに触れた
ふりかえった格好のまま彼女は身動きできなくなった
おそろしい罰ではないか
気が遠くなるほどのすさまじい歳月を
まばたきもせずただ見続けていよとは

かつてはロトの妻であった
ひとがふりかえる格好の岩
歳月をかけて
シッディムの谷へゆっくりと延びてくる死海
吹きあげてくる風に
半身を塩で真白に染め立ち尽くす
塩の柱　その姿は
ひとが悲しむ最初の姿ではなかったか

日々のくらしのなかで　眠りのなかでさえも
わたしの脇にいつも立って声をあげてよく笑うひと

その渾身の悲しみに
ついに声をかけることができないように
塩の柱になったロトの妻は
だれからも声をかけられることを拒んで立ち尽している
死海から吹きつけてくる塩風に
今日も身をさらして

ハガル

アブラハム朝夙《あさつと》に起《おき》てパンと水《みづ》の革袋《かはぶくろ》とを取《と》りハガルに与《あた》へて之《これ》を其肩《そのかた》に負《おは》せ其子《そのこ》を携《たづさ》へて去《さら》しめければ
（創世記　二一ノ一四）

灌木の下で泣き叫んでいる幼な子
弓矢がかろうじて届くところまで離れ
顔を伏せ涙をこらえている母
（わたしは似た光景を幾度もみた）
ふとハガルは目をあげ空を仰ぎみたのだ
自分の悲しみはこんなに深いのに
どうして空は今日も青く澄んで高いのだろう
（その青空もわたしはよく知っている）
午後になって風がでてきた
髪をなびかせ衣をはためかせ
次第に強くなってゆく風
（棄てられた母と子は吹き払われてゆくしかないから）
しかしいきなり風がひとつの声となってハガルに呼びかけたのだ
立って幼な子を抱きとりなさい
目の前のみえない井戸から尽きない水を汲みとりなさい
（こうして母と子は限りない夜を神と共にあった　だが……）
夜になった
夢のなかのベエルシェバの曠野では
風がますます強く吹き荒れている
昼間ハガルがいたところに坐っているのはわたしだ
闇のなかから砂にまじってたたきつけてくる尖った小石
もっと血を流すがいいんだ　わたしは

置去りにした女
生まれなかった赤ん坊のために
わたしにはついにみえない
たどりつくことができない
ベエル・ラハト・ロイ
〈神をみてなお生ける者の井戸〉へ
喉の渇きはいつまでも癒されないまま
もっと苦しむがいいんだ　わたしは
不眠の夜をくぐり
おそろしい朝焼けの色を全身に浴びて

もうひとつの生活

†

妻はなぜ、生後二週間目の息子の目に欠陥があったことを話さなかったのか。「あなたはいつもわたしの話など聞いてくれないから」と妻は息子を抱きしめたまま、冷たく僕を見据えている。「フェニールケトン尿症の検査もまだ済んでいません」と顔を伏せて言う。フェニールケトン尿症とはどんな病気であったか。それを問い返すとまた言い咎められるだろう。僕は黙って妻の腕のなかから息子を抱きあげようとした。度の強い眼鏡をかけ、あらぬ方向に目を向けている息子の姿は痛ましく、どうしても愛着がわいてこない。よく見ると、髪の生え際のところが割れていて、微小な蟻が無数に這っている。

†

「アンモナイトのように水の底に沈んだまま、一生暮す」と同行者の男のひとりが言った。だれも止めようとするものはいない。彼はザブザブと水のなかに入っていった。湖は遠浅だったのでいつまでも水音は続いた。暗くてよく見えなかったが、水音が止まった時その男はこちらをふりかえりかすかに手をふったように思われた。女のひとりが「わたしは何も見ないで一生を終えたいのです」と静かに言った。彼女は待針をとりだし目を突いた。苦しむ様子もなく。白い細い腕を前にさしだし、暗がりのほうへ女は消えていった。気づくと僕のまわりにはだれもいない。暗い岸辺に僕は佇んでいた。そのうち急に涙があふれてきた。

†

女子高校生との関係が知れて僕は会社を解雇された。妻とも、その少女とも別れて故郷の久留米に帰ってきた。僕はあけぼの通りの裏の刃物屋に住み込んでいる。そこで鋏を研ぐ職人になって生計をたてている。日に幾本かの大鋏を時間をかけて丹念に研ぐ、それが僕の仕事だ。故郷にはもう友人のひとりもおらず、またできればだれとも会わずひっそりと暮らしたい。人伝てに妻の消息を僕は知った。彼女は荻窪の教会通りの奥の朽ちかけた家に住んでいる。外出することもなく、ほとんど寝たまま、たまに起きては少量の食事をとる。異様に肥って。

帰郷

国鉄久留米駅の改札を出て右へ折れ、ガードをくぐって豆津橋へ向かう道に入る。十二月の肌寒い日、舗道は細かい雨にびっしょりと濡れ、けれども空は明るい。ゆっくりと歩いているつもりがいつしか足早になって、胸の鼓動は傘でかくして。

大石町一二七番地、そこはわたしが生まれて十一歳まで育った場所だ。二十年以上も帰ることがなかったその家へ、夢のなかではしきりに帰っていた。

……高い熱を出した姉を抱きかかえ、どしゃぶりの雨のなかを帰ってきたのに、屋根瓦は全部とり除かれ、家のなかは引っ越したあとのようにガランとしている。だれがこんなことを。

……家の前の路地をみんな後向きに助走をつけて、からだを宙に浮かせている。その術を心得ていれば生き残れる。ついにわたしの順番がまわってくる。思わず故郷の言葉で叫ぶ。しきりきらん！

昔、駄菓子屋だったところは空地になっていて、太い字体のモーテルの看板が雨に濡れて立っている。故郷もそしてわたしも少しずつ変わってゆくのか。二十歳のわたしにとって久留米はわずらわしく、苛立たしいばかりの町だった。言葉もすっかり覚えなおしたわたしが、どうして同じ心で故郷へ帰れる。

家に向かう坂でなく、手前のゆるやかな坂をのぼる。畑を隔ててみえてくる、くすんでうずくまるように三軒並んだあの真中の、赤い庇のあるのがわたしの家だ。家の裏手の大きな楠も、今日は明るく細かい雨の降るなかで、ずっと小さく年老いてみえる。夢でしきりにわたしを苦しめた家は、今こうしてやさしく開いているのに、なぜわたしばかりが恥ずかしい。傘の柄を握りしめ、握りなおしてわたしは……。

愛の深夜便

†

聞いた話だが、寝つきの悪い人のからだのなかには、非定型神経束と呼ばれるものがあるのだそうだ。それはからまった若布のような形をしていて、横臥の状態では一・九メートルほどに、つまり人間の身長よりもやや長いくらいに生長する。その神経束がからだの表面に触れるたびに、ひとはまどろみから覚醒する。僕にも非定型神経束があって眠れない。眠るためには起立の状態でなければ。

†

以前にも「愛の深夜便」とゴチック体で刷られたチラシを受け取ったような気がする。どこかいかがわしいその運送会社は、しかし実在するのだ。そこの作業員は真夜中にいつもふたりでやってくる。依頼した人間を折りたたみ、六〇センチ四方の箱に梱包する。それらは夜が明けないうちにだれにも知られず貨車に積みこまれ、この町から運び去られる。僕もまた「愛の深夜便」に依頼した。やがて僕は宛先のない荷物として運び出される。もう眠らなくてもよいのだ。何日か後に箱のなかで餓死するまで。

†

僕の家にはもうひとり女の子がいる。妻が僕と知りあう前に生んだ子供だ。ずっと前から家中の者が皆そのことを知っている。だれも口には出さない。言ってはいけないことを知っているのだ。名づけられなかったその子はいつまでも赤ん坊のままだ。暗くてじめじめした台所のポリバケツの脇にいる。夜中に時々、女の子はかぼそい声で泣く。たまらずに僕の母がふとんをかけてやる気配がする。そうしてしばらく添寝してあやす声も聞こえる。赤ん坊の泣き声は僕を眠らせない。隣で寝ている妻にしてみればなおのこと。

さよならを言うたびに、私は少し死ぬ

僕の家の南東三・五キロメートルのところに
新宿副都心ビル群がある
四階の僕の部屋から
夜の間ずっと点滅している赤い航空標識灯がみえる

飲みなれないギムレットを飲みすぎて
きのう僕は饒舌だったか
ヒールの片方を折るかなくすかして
あなたは素足でタクシーに乗りこんだような気がする
うまく家までたどりつけたかどうか
三十女が泣くのは美しい　とは言わなかったけれど
三十男が泣くのはみっともない　というより薄汚ない
そのころもう僕はくたびれていて
しんみりと別の話をしたかった　たとえば
海の向こうの唄の歌詞にある
「さよならを言うたびに、私は少し死ぬ」という一節について

思えば僕も少しずつ死んでいる
自分が誰であったか忘れかけている
汝心ヲ尽シ精神ヲ尽シ力ヲ尽シテ……
けれども我らの神は今どこにいまします

あの点滅する標識灯のビルの下には
僕やあなたによく似たひとたちが集まる
ひっそりとしたお祭りがある
ひろがったりすぼまったりするさみしい祭りの輪を
夜が白むまで僕は見続けている

二月の朝

……かよ！
それは我慢ならない　ひどく勘にさわる言葉だったので
息子の顔を渾身の力をこめて殴った
顎の骨の折れるいやな感触がして
息子はペッと血のまじった唾を吐いた
何度も吐いた　泣きもせず

二月の朝
痛いほどに照りかえす雪解けの濡れた道を
わたしは出勤する
不意の鈍痛
夢のなかで手加減せずに殴った感触が
かすかに右手に残っているようで

今ごろ息子は叱られながら
ぐずぐずと登園の仕度にかかっているだろうか
水色の園服を着て　黄色い帽子をかぶって
肩からカバンを下げて
かすかに感じるかもしれない左頬の痛みに
首を傾げてもみるだろうか

踏切の前でわたしはふりすてる
（たかが夢のなかの惨劇……）
目の前をこすれるように通過してゆく通勤電車

（くらしとこすれあって……）
踏切を渡って　けれどもなぜわたしはふりかえる
立ち尽している夢の抜け殻のわたしを

面影橋を過ぎて

深夜にタクシーで都電荒川線・面影橋脇の道を過ぎる。面影橋、その黄色い標示灯をなつかしいと感じたのはなぜだろう。なにかを思いだせそうな、そんな思いにかられたのはなぜだろう。その時、運転手が低くつぶやいた。「陰気なところだったね。このあたり」。

面影橋――「姿見の橋　渡り六七尺の板ばしなり。東西に池のごとき処ありしが水流れざるゆえ、のぞき見れば鏡に向かうごとくなりしが」。（『若葉の梢』金子直徳）

新宿区立中央図書館・郷土資料室を出て、新目白通り沿いに面影橋へ向かう。高田橋、高戸橋、曙橋……。道路を隔てた向こう側には高いビルが並び、川はコンクリートできっちりと護岸されて。神田川へ合流する以前の面影橋から、水面にうつしたひとの姿は今日も追えない。

映画「神田川」のなかの、低くうずくまるように立ち並ぶ川沿いの下宿屋、既視感とはあのことを指しているんだろうか。窓から蒲団を干して、タンタンタンと叩いている女のひとが実在するような。住んだこともない町にいきづくもうひとつの生活が確かにあって、白い息を吐きながら、映画の主人公と同じ科白をつぶやく自分がいる。「おれたちはまだやりなおせるんだ」。

夢のなかで、僕は神田川の暗い両岸になっていて、胸のあたりを川が流れる。脇腹のあたりをこすれながら流れてゆくものがある。こすれるたびになにかをふっと思いだせそうな気になる。とても切ないなにか。

勇猛心ヲ望ム

七月某日　真夏日
光化学スモッグ注意報発令
昼下がり　乃木坂から六本木の交差点のほうへ
わたしは古い友人の手紙の返信の
文面をしきりに考えながら歩いていた　ようだ
強い日差しに心まで晒されながら

夢のなかで友人の手紙には
わたしのことが綿々と批判されていた
プチ・ブル的、日和見主義的、右翼秩序派的……
やたらに的の多いその文面に
友人の瘦せた心をみて　わたしは少し胸が痛んだ
しかし、とわたしは首をひねった

あの優しかった友人がそんな手紙を書くだろうか
従って現在の貴君の姿勢はテキシカマオマレ……
わたしはそれが友人の手紙であると信じざるを得なかった
テキシカマオマレ
それは友人であることを示す
〈匿名のサイン〉に違いなかったから

ビルのなかの薄暗い喫茶店に入ってなお
わたしは友人への返信の文面を考えていた
辛い仕事だった
友人も、またわたし自身も救抜されなければならない
カムイレンカイ！　と手紙の末尾に書いた
けれどもそれは全く不満足な出来だった

わたしはまだ夢のつづきをみていたに違いない
その時　不意に
友人の手紙の裏面に書かれた文字が鮮かに浮かんだのだ
友ヨ　強キ光ノ中ヲ歩メ
往ツテ未ダ相見エヌ者ノ魂ニ触ルルベシ
「勇猛心ヲノゾム」切ニ望ム

註 「勇猛心ヲノゾム」は昭和十四年二月二十三日、井上良雄・仲町貞子宅で開かれた古木鐵太郎著『子の死と別れた妻』の出版記念会の席上、太宰治が寄書に書いた言葉。

（『カムイレンカイ』一九八五年一風堂刊）

〈定本 水縄譚〉

序

我レハ西海道《サイカイドウ》美潴《ミヅマ》県水縄《ミナハ》市ノ出身ナリ。

我ガ故郷ニハ、一夜《ヒトヨ》川ガ滔々ト流レ、高牟礼《タカムレ》山ガ左右ニ長ク稜線ヲ伸バス。春ニハ、楠《クスノキ》ノ若葉ガワヅカナ風ニさらさらト鳴リ、秋ニハ、櫨《ハゼ》ノ葉ガヒトキハ鮮ヤカニ紅葉ス。夏ニハ鬱蒼トシタ楠ノ巨木ガ安ラギノ木蔭ヲツクリ、冬ニハ櫨ノ枝枝ガ、身ヲ捩ラシ、マタ来ル春ヲ待ツ。

我ガ故郷ヲ美潴ト呼ビ、水縄ト偽リ、山河ヲ古名デ表記スルハ、奇ヲ衒フニ非ズ。我レハ年少ノ日、故郷ヲ棄テ、故郷ノ心ト言葉ヲ棄テ、都ニ上リシ者。年ヲ経テ、望郷ノ念、止ミ難シトイヘドモ、少年ノ日ト同ジ思ヒデ故郷ノ山河ニ真向カフコト能ハズ。

深更、書斎ニ籠モリ、故郷デ産スル茶ヲ啜リ、或ヒハ送リ来タル酒ヲ呑ミ、眼鏡ヲ外シ、シバシバ水縄市街ノ地図ヲ開キ、又五万分ノ一ノ地図、二十万分ノ一ノ地図ヲ取リ出シ、拡ゲ眺メ入ル。

　昔日ニ比シテ、我ガ故郷ハ大キク変貌ヲ遂ゲタルモ、ナホヒトツノ通リ、ヒトツノ町ノ名、村ノ名ニモ、無名ノ人々ノ生キシ思ヒ出ハ存ス。我レ彼ラノ生キシ証ヲ著サント思ヘリ。筆ノ拙キヲ顧ミズ、彼ラノ魂ヲ鎮メ、彼ラヲシテ安ンジテ再ビ水縄ノ野辺ノ名モナキ一木一草ニ戻サント。願ハクハ我レモソノナカニ加ハランコトヲ。

　コノ草稿ヲ、夢ノ中デシカ還ルコトノ叶ハヌ我ガ水縄ニ献ズ。楠ニモ櫨ノ若葉ニモ光ノキラメキアレ、風ノザワメキアレ。

櫨の木

　KHは、昭和初期に活躍した水縄《みなわ》市出身の前衛画家で、わたしの中学、高校を通じての先輩にあたる。年譜によれば、明治末年、画家を志し十七歳で上京したKHは、三十八歳の短い生涯を終えるまでの二十一年間、少なくとも東京で十四回の転居を繰り返している。また交通が不便な時代に、水縄とのあいだを頻繁に往復してもいる。思うにKHの心は、終生水縄を離れることがなかったのではないか。わたしもしばしば転居を繰り返してきた。故郷をなくした人間は、どこにでも住める。そしてどこにも安住できない。

　旧制中学時代、KHは野球のボールが目にあたって片目を失明した。立体感の把握ができにくいということは、絵描きにとって致命的だったにちがいない、若いころ、わたしはKHのペンキ絵のようにみえる代表作群が好きになれなかった。それが次第に懐かしく思えるようになり、ことに絶筆となった「サーカスの景」に、近代のしんとした寂しさを感じるようになったのは、わたしのなかのどんな変化だったのだろう。

　先年、東京駅八重洲口のブリヂストン美術館で「KH展」をみた。KHに、水縄の風景を描いた作品群があるのにはじめて気づいた。そのなかに、半ば赤く色づいた櫨《はぜ》の木を描いた作品を見つけた。水縄にはとりわけ櫨の木が多い。実から蠟をとるこの木は、生長すれば柿の古木ほどの大きさにまで達する。晩秋の紅葉はどんな樹々よりも鮮やかだ。何度かわたしは「はぜの木」の前に立ちもどった。いつしか水縄のざわめく風と光を感じていた。夢のなかでしか触れることのできない水縄の風と光を。わたしには見える気がしたのだ。家の裏手にあった櫨の木が、昔のままにさわさわと音をたてて立っているのを。

エツ考

一夜《ひとよ》川は、流域面積二八六〇km²、全長一四三kmの西海《さいかい》道《どう》一の河川である。隣県に源を発するこの川は、水縄平野を下って爽明《そうめい》湾に注ぐ。その河口、蒲池《かまち》市のあたりでは、毎年五月になるとエツ漁が解禁になる。エツ（鱭）とは、カタクチイワシ科の魚で体長二〇cmから三〇cm、この時期、産卵のために一夜川をのぼってくる。中国では揚子江河口でも獲れるそうだが、わが国では、一夜川と爽明湾にしか生息しない。昔、空海上人が川を渡してくれた船頭へのお礼に葦の葉を流すと、それがエツになったという言い伝えがある。この伝説とも関わりがあるのだろうが、エツはその姿形から別名「葦葉魚」とも呼ばれている。

河口から二五、六kmさかのぼった水縄の水天宮下の川岸でも、かつてはエツが釣れたという話を郷里の友人から聞いた。今では、珍味ともてはやされる魚だが、時期になれば水縄市内の魚屋にはいくらでも並んでいた。近年、漁獲量が年々減少して、昨年は二〇トンほどだったという。友人の話では、水縄の少し下流にできた堰で水量が落ちたことが原因だろうという。エツを絶滅させまいと、人口孵化を試みていると聞いたが、まだうまくいったという話はきかない。

東京では、「有薫《ゆうくん》酒蔵」という西海道の郷土料理を出す店だけで、このエツを食べることができる。わたしは、梅雨の少し前ごろになると、ひとりで「有薫酒蔵」新橋店に出かける。カウンターに坐り、冷酒を飲みながら、エツのあらいを酢味噌で食べる。この淡泊な味の魚を噛みしめながら、梅雨前の故郷を偲んでいる。風のない夕方のもやっとする熱気。耳鳴りのように地虫が鳴いている。夕餉の食卓に並ぶエツの塩焼き。ラジオから「ゆうべみみずの鳴く声聞いた」という、「福助」のCMソングが流れて……。ふっと我にかえって、妙に気恥ずかしく、客の混んできた店をそそくさと出て、家路につく。

河童異聞

水縄の水天宮では、小さな瓢箪に入れた河童除けの守札を出している。一夜川と河童、そして水縄の人々との因縁は深い。

子供のころにこんな話を聞かされた。川岸で人間に化けた河童に相撲をとろうと誘われても、決してその話に乗ってはいけない。川の中に引きずりこまれ、尻子玉を抜かれて、ふぬけになってしまう。一夜川では、旧藩時代から鯉を素手でとる漁法があった。寒中焚火で温めた身体で水中にはいり、動きの鈍くなった鯉が近づいてくるところを抱きとるのである。「鯉とりマーシャン」は、この鯉をとる名人だった。マーシャンはある夏の日、河童と遭遇し、わざと相撲に応じた。川のなかに引き入れられたふりをして、逆に怪力で河童を溺死寸前まで追いこんでこらしめたという。

またこんな話が伝わっている。水縄藩医、八尋《やひろ》甚右衛門の妻サトは、気丈の人であった。ある晩厠に入って用を足そうとすると、下から手が伸びてきて、河童が陰《ほと》を触ろうとする。翌晩、サトは短刀を懐に忍ばせ厠に入り、再び差し出された手を捉えて一気に切り離した。その夜深更に及んで、河童が夫婦の寝間の戸をたたいた。「私不調法ノ段謝リ入ル、何トゾ其ノ手ヲ御返シ下サレ」と嘆き悲しんで訴える。主人は許さず「河童ノ分際デ武士ノ妻女ニ慮外スルサエアルニ、手ヲ返セナドト、長袖ト侮リタルカ、成ラヌ、成ラヌ」と追い返した。

そんなことが三夜続いた。あまりに嘆き悲しむのをみていささか怪訝に思い「我ハ外治ノ医家ナルゾ。切リ離サレシ手ヲ取リ戻シテ何トスル」と問うと、河童は「御疑イハ御尤モナレド、人間ノ療治トハ事カワリ、手ヲ継グ法ノ候ナリ。三日ノ内ニ継ゲバ、仮令前ホドニ自由ニナラズトモ、コトノ外残リノ腕ノ力ニナリ候。ヒトエニ御慈悲ヲ」といって涙をこぼした。甚右衛門は合点するところがあって、片手を返してやった。

　返されなかった手もある。水縄藩家老秋吉某の家には、家来が近くの大池で足を洗おうとして河童に引きこまれそうになり、闘って斬りおとした手が、代々家宝として伝えられた。毎年夏の始めにこれを取り出し水に浸して、近くの家の子供を集め、その水を飲ませたという。そうすれば、河童の災いにかからなくてすむというのだ。その手であったかどうかは別として、わたしもまた河童の手をみたことがある。苔のような毛が生え猿の手に似ていて、水掻きもついていた。

　一夜川の河童が人間との交渉を絶ったのはいつのことだったか。わたしには、それが昭和三十年代のいずれかの時期と思える。二十年代の終わり、一夜川が氾濫し、水縄一帯を未曾有の洪水が襲った。それをきっかけに河岸が整備されていったこと、また日本住血吸虫が寄生する宮入貝が、一夜川にも生息することがわかり、遊泳禁止となって人々があまり川に近づかなくなったことも、彼らが交渉を絶った原因のひとつかもしれない。河童は冬が近くなると、群れをなして一夜川の流れをずっとさかのぼっていき、山にはいって山童になる。ある時期から、彼らは春になっても泳ぎ下ってこなくなった。

　河童はヒョウヒョウとも、キイキイとも鳴くという。人に聞いたのだったか、どこかで実際に聞いたのか、記憶が定かではないが、わたしは河童はウリキキキスと鳴くのだと信じている。都会に移り住んで久しいわたしが、河童を思い出すことは稀だ。けれども、深夜ほろ酔い加減で川沿いの道を帰宅する時など、あのウリキキキキスという鳴き声が、親しいものの声を聴くようによみがえることがあるのだ。杳として行方の知れなかった河童が人間に化けて、わたしに知恵くらべをしかけてくるように。

註　柳田國男の『山島民譚集』を参照した個所がある。

美潴心中

美潴《みづま》とは美しい水たまり。美潴県の県央を流れる一夜川は、かつては激しく蛇行をくりかえす川だった。そのなごりの河跡湖がいくつか残っている。神鎮潭《かんちんたん》は、三日月状の池の周りにうっそうと樹々の生い茂る、静かなたたずまいの河跡湖だ。昔ここで若い男女の身投げがあった。ほどなく西海道一円で「美潴心中」という俗謡が流行った。

〽人々日露の戦争で
　心配なされるそのなかに
　恋ゆえ死ぬる人もある

女は水縄市原空閑《はらんくが》町の遊廓、高砂楼の娼妓小桜、本名絹江。俗謡に「色が白うて丸顔で髪の毛濃ゆうて器量良し」と唄われるほどの評判の娼妓であった。男は安藤某。口添えしてくれる人があり、節原《ふしばる》町の医者、稗田《ひえだ》甚兵衛の家の書生として住み込んでいた。小桜は数えで二十二、安藤は十九だった。どのような経緯があってか、安藤は小桜を知り、しばしば登楼するようになった。むろん貧乏書生に金などあるはずはなく、小桜が自分の着物を質にいれて工面していたのである。

ある早春の晩、ふたりはそろって行方をくらました。翌朝、春雨にけむる神鎮潭の水底に、お互いの手首をしっかりと紐で結んだ身投げ死体が漂っていた。池の淵には履物がそろって並んでいて、安藤が稗田医院から持ち出したモルヒネの空瓶が落ちていた。ふたりは致死量のモルヒネをあおったのち、入水したものと思われた。

その俗謡が唄われなくなった頃、ふたりを知る者の間でこんな話がささやかれはじめた。ふたりは共に、一夜川をさかのぼり県境をこえたところにある夜開《よあけ》という村の出身で、ある寺に別々に預けられたみなしごだった。ふたりは姉弟のように暮らした一時期があったが、寺が没落し別れ別れになった。

またこんな話も伝わってきた。見慣れない十ばかりの女の子が、年下の男の子の手を引いて神鎮潭のほとりを歩いていた。ふたりは低く御詠歌を唄い、樹々の間に見えかくれしながら、ふっと姿を消すというのだ。神鎮潭の近くの者たちは、この子供たちをしばしば見かけた。

〽さんじゅうつんではふるさとの
　きょうだいわがみとえこうして
　ひるはひとりであそべども

　神鎮潭では、池の中ほどから一陣の風が起こり、周りの樹々が一斉にざわめきだす時がある。そんな時には、今でも風に乗り少女の声に重なった少年の声がかすかに聴こえてくる。

大洪水

　一夜川は、その名の示すとおり、かつては一夜にして氾濫し川の形を変えるほどの暴れ川だった。昭和二十八年六月、梅雨末期の集中豪雨が西海道全域、とりわけ美潴県一帯を襲った。一夜川はいたるところで氾濫し、決壊して水縄市にも大水害をもたらした。

　もうすぐ四歳だったわたしは、水害のことを記憶している。少し高台にあった家は避難をせずにすんだのだが、その夜、停電のなかで、畳をはいだ床に七輪をおいて、わたしたち一家は集まり、明かりをとっていた。その表情を定かに思い出せないが、七輪の明かりが、髭濃い父の顎のあたりを照らしていた。

　建設省編『一夜川五十年史』は、「通信は途絶し、水道、電気は全く機能を失い、各地区で家屋の流失、倒壊が相次ぎ、被災民の救いを求める悲痛な声のみが、ちまたにあふれ、全く手のつけられない惨状だった」と伝えている。これはいささかの誇張もなかったと思う。わたしは暗闇のなかで、下の道路をまるで山車《だし》が通るように流されていく家を見た。屋根にのぼって「助けて、助けてくれい」と叫ぶ人たちの声が、今でも耳に残っているのだから。

　その洪水から何年かたったあとのこと、わたしには水害にまつわる忘れられないひとつの記憶がある。ある夏の日、祖母スエに連れられて、祖母と仲の良かった三味線の師匠、江口トメの家に行った時のことだ。わたしは西日のあたる縁側で西瓜を食べていた。押し殺した声で話す老婆たちの会話が聞こえてきた。


「覚えとるね。柳橋の安武屋《やすたけ》（という青線の娼家の名をあげて）の女子《おなごし》が、あの水害ん時に心中ばしたちゅ話」

「男と腰紐でしっかり結びおうて、豆津《まめづ》橋の橋桁んとこにひっかかっとったちゅ話ね」

「水害のどさくさで、相手の男が誰か分からんまんまちゅ話やったろが。それが実の弟やったちゅ話よ」

「そげな話のあるとね。それじゃ姉弟心中じゃなかね」

「ばってん、ちょっと様子の違うごたる。あれの方はなかったらしか。一緒に働いとった女子の言うこつにゃ、男は何度も通うて来《き》よったげなばってん、酒ば頼んだり、いっしょにうどんば食べて、ぼそぼそ話すばっかりやったて。まさか弟が姉さんば買うごたるこつは聞いたことのなかけん、そこまでは気のつかん。いつも泊まりやったとげな。どげな仔細のあって、あげな商売に身ば落としたか知らんばってん、べっぴんの上に気立ても良かったもんじゃけん、客にゃ人気のあったとげな。ただあの頃ひどか梅毒ばうつされてね。弟は弟で肺病病み、あがった部屋でいっぺん喀血ばしたつげな。安武屋じゃ男が来るとば嫌がったそうげなばってん、梅毒持ちじゃあんまり仕事にもならん、大目にみたとじゃなかと。なんでん、男は学士さんじゃったちいう話げな。どこでどまぐれもんになったか、軍用のピストルば持って歩《さる》くごたる危なか仕事ばしとったとげな。弟は胸ば患うて、どげんもこげんもいかんごとなる。姉さんな梅毒持ちになって、これも商売のできんごとなる。ちゃんと直せばよかちゅ人もおるやろけど、そげな余裕はなか。性根尽き果てたちゅとこじゃなかろか。たまたま、水害の日で、そんなら死のうかちゅことになったらしか」

「むごか話たいねえ。ふの悪か時にゃふの悪かことの起こる」


なぜわたしはこんな話を詳細に記憶しているのだろう。わたしの記憶のなかで、何度でも鮮やかに蘇ってくるのは、水底に薄目をあけた艶やかな長襦袢の姉があおむけに浮かび、隣で力尽きた弟が姉のほうに横向きになっている、ねたましくさえあるそんな情景なのだ。

　ところで、近年、刊行された『水縄市史』をめくっているうち、大水害に触れた箇所を読んで意外なことに気がついた。「水縄市では八万二千人を超える罹災者を出したにもかかわらず死者五人……」。たった五人！　嘘だろう。あの闇のなかで救いを求める人たちの声はなんだったのか。心中した姉弟はこの死者のなかに加えられているのだろうか。わたしはその記述に納得できず首を横にふるばかりだった。

暦をめくる女

　わたしが通う幼稚園の道筋に遊廓があった。昼下がり、そのあたりを通ると二階の欄干に頬杖をつき、髪にカーラーを巻き、シュミーズ姿の若い女性が煙草を吹かして物憂げに見下ろしている、そんな情景を記憶している。

娼家が途切れたあたりから、どぶの臭いのする川沿いに飲み屋が並んでいた。

　女が水縄にもどり、飲み屋をはじめたのはいつのことだったか。その日も女は、後ろ手でドアを閉めて荷物を置き、商売繁盛と書かれた御礼と熊手のかかった神棚にまずパンと柏手を打って、いつもするように日ごとに教訓がついた暦をめくった。「生活の中に目標を持っていないと安易な生き方に流される」、女はその暦を真剣になると寄り目になる、特徴のあるその目で読み、コクンと首を縦にふって開店の準備にかかるのだ。店は繁昌した。半円形のカウンターにスタンドが六つだけの店を、彼女はひとりでやっていた。彼女に言い寄る男は何人もいた。だがだれもが肝心なところで、まるで匕首を突きつけられたかのような捨身の激しさにたじたじとなった。三十をいくつか過ぎたその女は、長い間、遠い町で暮らしていたらしかったが、だれもこの店を出すまでに彼女に何があったのかを知らなかった。

　女には昔好いた男がいた。男は極道だった。背中からくるぶしまで一面に夜桜の刺青が彫ってあって、その刺青をこれみよがしにして人を脅すのである。コルト38口径のピストルを持ち歩く、狂犬《はしかいぬ》のような男だというのがその世界での評判だった。男はある抗争事件に巻き込まれて、行方不明になった。海に沈められたか、山奥に埋められたか。いずれにせよ、狂犬と呼ばれた男のあわれな末路だった。

その夜も女は客が帰った後で、いつもするように顔をひとなでして、もとの少しさみしい顔にもどり、店を閉め家路を辿った。ロータリーのところまで来ると、道の向こうに見覚えのある後姿が立っていた。女の動悸が激しくなった。やっぱり生きていたんだ。女は足早になり小走りになった。男の背中に向かって声にならない声で叫んだ。「連《つ》んのうて行きたか!」。いつしか道は、彼女の家とはずれていた。女は龍頭《りゅうず》ヶ池と呼ばれる深い沼地に、ずんずんと足を踏み入れていった。

恐ろしか沼ですよ。あすこにゃ、人に化くる河童の住んどる。逢いたかち思うとる人間に化けて沼に誘いこむ。おどんなもう何人でん、こげな死に方ばしたもんば見とるけんね。ここで死ぬ人間は、誰《だ》っでんなんか仔細のある。あの女子《おなごし》にもそげなことのあったとじゃろか。右の二の腕に「ぎんぢいのち」て彫ってあった。ぎんぢちゃ誰のことやろか。どげな生きづらかことのあったとじゃろか。

女はあの世でも、小さな飲み屋をやっていて繁昌している。店につくとまず神棚に柏手を打って、教訓がついた暦をめくる。「今日一日をうかつに過ごしていると実りある一生は送れない」。暦の教訓を真剣な目つきで読み、コクンと首を縦にふって、開店の準備にかかるのだ。女はあの世でも、男と行きはぐれてしまっている。言い寄る男は何人もいるけれども、女は男が迎えにきてくれるのを今日も待っている。

螢を売る少女

初夏の頃、夕暮になると、水縄のメインストリートにある旭屋デパートの横で螢売りが立った。薄暗がりのなかで、何十もの螢籠が風に揺れ、青白く螢が明滅しているのだ。ある時はオカッパの少女が、父親の仕事を手伝って螢を売っていた。少女は買ってもらった螢籠に霧吹きでプッと一息水をかけ、一籠五十円もらうのだ。その人の背に向かってペコリと頭を下げ、大声で「ありがとうございました」と言うのである。

一夜川の支流、幾夜《いくよ》川に入り、両側を山に挟まれた川沿いの道を上っていくと、河童が馬を水中に引き込もうとして、武士に手を切りとられ、その手を返してもらったという言い伝えのある手奪《てばい》橋に至る。手奪橋を渡ると、山までの勾配にへばりつくように家々が点在している。このあたりは良質の茶の産地でもあった。女はこの村で生まれた。

　百姓の伜として生まれながら、父親は鍬を持つことを嫌った。何度か不慣れな商売に手を染め、女が物心つくころには、茶畑のほか田畑の多くは人手に渡っていた。そのころ、父親はゴザや木炭の行商をして細々と生計を立てていた。こんな記憶がある。家の前で遊んでいると、父親が夕焼けを背にして、リヤカーのついた自転車を押し「売れんじゃったあ」と言いながら疲れ果てた顔をして帰ってくる。周りでは一斉に蛙が鳴きはじめていた。

　幾夜川のほとりには、無数の大螢が乱れ飛んだ。螢の季節になると、父親はこの大螢を旭屋デパートの横で売るのだ。学校から帰ると、彼女は水辺に降りて螢をとる仕事を手伝った。螢を見つけては口のなかに放りこみ、たまったところで用意した袋のなかに吐き出すのだ。女は螢の生臭さが嫌いだったから、作業が終わると急いで渓流の水で何度も口をゆすぎ、手を洗った。

　女は螢売りについて行くのは好きだった。この時ばかりは父親は羽振りがよく、さまざまな色のおはじきやレースのハンカチを買ってくれた。またデパートの食堂で食事をし、屋上の観覧車に乗せてもらったこともあった。暮れなずむ水縄の街に、ネオンがひとつまたひとつ灯りはじめる頃、螢売りの仕事がはじまるのだ。

　ある時、わたしは東京の下町の飲み屋に何度か通ったことがあった。たまたま連れていかれた店の手伝いをしていた女に、故郷の訛りが残っていてひかれたからだ。もう若くはないのに、鮮やかすぎる口紅をひいているのが、かえって女をみすぼらしく、安っぽくみせた。どんな話のきっかけからだったただろうか。旭屋デパートの横で螢を買ってもらったが、翌朝、目を覚まして螢籠をのぞくともう死んでいたという話をした。すると女は、カウンターから身を乗りだすようにして目を輝かせ「螢売りはもうかったとよ」と言った。その話の続きをしたくて、しばらくしてその店に行ってみたら、女はもういなかった。店の女主人がほかの客に、あの子は水商売をするには陰気すぎたと言い、一呼吸おいて男運が悪いと洩らしたことを、わたしは耳のはしで聞いていた。

唄三題

美潴子捨唄

この子よう泣く乳飲まん
放《ほ》捨てにゆこうと家出れば
外はいちめんハゼもみじ
放捨てきらんと町はずれ
ハゼのあんまり赤かけん

人は指さしうわさする
父《とと》なし親子が歩《さる》きよる
家でお母シャンな叱《が》るばかり
夜はどこまでん続いとる
いつまで待っても朝の来ん

この子よう泣くやせ細る
放捨てにゆこうと家出れば
稲のもみがら焼くけむり
放捨てきらんと畦の道
空のあんまり青かけん

水縄手鞠唄

高牟礼山の板敷はドロロンガララン
水天宮の太鼓橋はドンチンガララン

正月　トランプかるたはあきました
二月　豆まきおでこにぶつけられ
三月　春の雷おおこわい
四月　菜の花畑で大いびき
五月　あげた緋鯉の尾が切れて
六月　つばめ低う飛ぶまた雨だ
七月　七夕流しで願かける
八月　こっそり夜中の墓参り
九月　台風の通る日休校日
十月　運動会はビリだった
霜月　ハゼの葉舞いますはらはらと
極月　冬の夕焼け帰りましょう

一夜川筏流唄

おどんな一夜の筏流しよ
ヒノキ、松、椎、なんでん流す
大岩小岩の群がるなかを
この竿一本で流しきる
　　ホーノッショ　ホーノッショ

ヒノキ、松、椎、なんでん流すが
流しきらんとは夫婦《めおと》の契り
鳥さえ睦まじゅ並んで飛ぶに
浮羽《うきは》ん女子《おなご》はどけ逃げた
ホーノッショ　ホーノッショ

かずら解《ほど》くりゃ筏は丸太
所帯のうなりゃおどんな丸太
一夜妻でん夫婦は夫婦
浮羽ん女子はぶち殺す
ホーノッショ　ホーノッショ

香月サーカス

　五月の水天宮の大祭には、必ずやってきた香月《かつき》サーカスの一団と、そのころわたしは同じアパートで暮らしていた。安普請でところどころ、ベニヤが剝がれている、いつも便所の臭気が鼻につくような、日当たりの悪い陰気なアパートだった。十室くらい部屋があって、禿頭の団長、鞭で新聞紙を細かく裂く芸をする大男とその妻、猛獣使いの女、壺回しの男、ブランコ乗りの男女、そうした人たちが住んでいた。わたしは彼らのサーカスを見たことがなかった。どこで興行しているのかさえも知らなかった。いつも真夜中近く、彼らはめいめいに酒気を帯びて帰ってきた。たまり場になっている一室に集まって、また酒盛りがはじまることもあった。野卑な笑い声が漏れ聞こえ、花札に興じるふうでもあった。わたしも何度か一座に加わったことがある。頭にいくつもの瘤のある、壺回しの男が「……べけんや、べけんや」と妙な節をつけて、縁のかけた茶碗になみなみと酒をついでくれたりした。わたしには、彼らの気まぐれな好意がありがたかった。なにか鬱屈とした気分で、それらの日々を過ごしていたようであったから。

その一団には、まだ舞台にあがらない双子の姉妹がいた。清楚な顔立ちの、しかし、いつもなにかにおびえているようなまなざしをした無口な少女たちであった。彼女たちが、団長の娘であることを周囲の雰囲気からわたしは察した。その団長が、アパートの庭先で姉妹に稽古をつけているのを何度か見かけた。低く張った綱の上を蛇の目傘をさして渡っていく。落ちるたびに団長が叱声を浴びせた。ときにはもっていた青竹で、彼女たちの腰や背中を激しく叩いた。彼女たちは、まるで鶏のようなクワッという短い悲鳴をあげた。いつしかその双子のどちらということなしに、わたしは恋慕しはじめていた。その少女たちも、サーカスの舞台に立ちはじめた。舞台用の濃い化粧をまだ落とさない姉妹と、廊下ですれちがうようになった。すれちがうごとに、なぜかふっとアセチレンガスを嗅いだような感じがした。ある真夜中、わたしは用足しに起きて、姉妹の部屋の前を通りかかった。その時、クワッというあの悲鳴を聞いたような気がした。細く開いているドアからなかを覗いた。団長がふたりに交互に馬乗りになる恰好で交合していた。また悲しげなクワッという声が聞こえた。

ほどなくわたしはそのアパートを出た。わたしはその一団にどんな関わりをもつ人間だったのだろう。香月サーカスが今も興行をうっているのか、それは知らない。

冷石湯殺人事件

蜘蛛が二匹からみあう恰好に発展した街、俯瞰すればわが故郷、水縄市はそんなふうに見えるだろう。その水縄市の東のはずれから、隣県にまたがって屏風をたてたような低い山並みがうねうねとつづいている。日のとっぷりと暮れたその山道をわたしは登ってきた。高牟礼山の頂まできてふりかえると、中心がふたつある水縄市街の無数の明かりが美しくまたたいて見えた。さらにその外側には市街をとり囲むように、左にカーブしながら一夜川がくろぐろと流れているはずだった。冷石湯《れいじゃくゆ》は山の中にある鄙びた湯治場である。わたしは、そこに一軒だけある旅館で働いていると聞いた姉に会いにいくつもりだった。

二十歳だった。過去数年、なにか過酷な仕事に従事していたようだった。それらの日々、わたしの気持はささくれだっていて、凶暴な衝動が突きあげてくるのを抑えかねていた。ほんとうは、何人かひとを殺していたのかもしれなかった。追われている、いつか捕まるという漠とした不安から逃れることができなかった。その前に久しく音信を絶っていた父や母に会っておきたい。しかし、水縄に帰ってみると家はあとかたもなかった。それだけではなく、街の様子がずいぶんと変わって、見知らぬ街を歩いているようだった。知り合いの人を訪ねると「あの二十八年の大水害で」と、一夜川が決壊し未曾有の洪水が水縄を襲った時のことを話しだした。その洪水で父も母も亡くなり、姉だけがかろうじて生き残り、冷石湯で働いていることを知らされた。その人は、しかし「いかんほうがよかよ、いったっちゃ……」と言いかけて口ごもった。

冷石湯に着いてそのわけがわかった。そこは九十九楼《つくもろう》という名の娼家だった。子供のころ、母に連れられて、日帰りでこの湯治場に来たことがある。その時は普通の旅館だった。いつのまに娼家に変わってしまったのだろう。わたしは弟であることを隠して姉を買った。二階の部屋の暗い電灯の下で姉と再会した。長襦袢の姉には凄艶な美しさがあったが、よくみると特徴のある大きな目の下にはうっすらと隈ができ、以前よりずっと痩せてみえた。姉は階下からお銚子を二本運んできた。わたしに注いで、そして自分も口に含んだ。今の境遇を語るのでなく、遠くをみる目つきになって姉は昔話をした。飼っていた子犬が一晩中鳴いて、病弱の父にさわるといわれ、町はずれまで捨てにいった日のことを。泣いて帰ってきたふたりを見て、仕方なく母が連れ戻しておいでといったけれども、日暮まで探して犬はついに見つからなかった。「大ちゃんといったよね、あの犬の名」と姉は言った。疲れていたせいか、わずかな酒にわたしは酔ってしまったようだ。話したいことはたくさんあったはずなのに、横になってついうとうとしてしまった。姉が毛布をかけてくれたのをかすかにおぼえている。ふと目が覚めると、どこか遠くで喘ぐ声が聞こえた。

ほのかな明かりに、背中を見せた男が黒い塊になって、姉を突いていた。憤りとも嫉妬ともつかない凶暴な衝動が身体を貫いておしとどめることができなかった。裏庭に積んであった薪の脇に置いてある薪割りをもってとってかえした。薪割りの柄を握りしめ、かえってわたしは冷静になった。やっぱり俺は、こうして何人ものひとを殺してきたんだ。ひとりひとりを殺した時の情景がさえざえと甦ってきた。静かに襖を開け、音をたてずに男の背後にまわり、たがわず脳天に一撃をくれた。頭蓋が砕ける確かな感触があり、わたしはしたたかに返り血を浴びた。男は声もあげずにゆっくりと崩れ落ち、一度ピクンと四肢を痙攣させ、あっさりと息たえた。「……ちゃん逃げて」、かすれた細い姉の声で我にかえった。「逃げよう、姉さん」、その腕を強くつかんでわたしは言った。

夜の底が白みはじめた、渓流沿いの道をわたしたちは急いだ。夜が明けるまでに、水縄の街を抜けだすのだ。どこか知らない土地で地道な職について姉とふたりでひっそりと暮らすのだ。息を切らせて何度も立ち止まってしまう姉を励ました。途中で姉がつまずいて下駄の鼻緒が切れた。わたしは姉をおぶった。長襦袢を通して、姉の体温が伝わってくる。その温かさには、なにかしら不思議な安堵感があった。温かさは、凶暴な魂を鎮めるかもしれない。いや鎮めてくれるにちがいない。ところが、次第におぶっている姉の身体がなにか頼りなげに軽くなっていくのだ。気がつくと、夜がすっかり明けていた。わたしはひとりで水縄の街に降りてきた。けれども、ほんとうにわたしはひとを殺し、姉と逃げてきたのだ。姉の長襦袢の袖口の布切れがわずかに掌に残っている。その掌のなかには男を殺した時の感触もまだはっきり残っている。

大勝席

「大勝席《たいしょうせき》」、何通かの郵便物にまじって、今のものよりひとまわり小さい、古い官製はがきに手書きの映画案内が届いたのはいつのことだったか。色鉛筆でランプのカットの添えられたはがきには、夏の終わりの週の三日間だけ「水縄譚」という映画を上映する旨が記されていた。それも午後十一時からのレイトショーなのだ。

しばらく放っておいたそのはがきを、もう一度取り出して見ているうちに、案内が水縄の六ツ門のところにあった大勝館から出されていることに気づいた。大勝館！　もう何十年もその映画館のことを忘れていた。うなぎの蒲焼きの煙や便所の臭気がないまぜになって場内にただようあの映画館。みるみるわたしの心は水縄に傾いた。気がつくとわたしは大勝館の中程の席に座っていた。客はまばらで、ほどなく開演のブザーが鳴った。

「水縄譚」は三つのモノクロの記録フィルムをつないだオムニバスの映画だった。ひとつめは「ジストマとの闘い」。スクリーンいっぱいに異様に細長いグロテスクに蠢く虫が映し出された。「この成虫は」とナレーターが語りはじめた。水縄一帯の一夜川流域には、明治の頃から安楽寺《あんらくじ》腹《ばら》と呼ばれる奇病が発生し、戦後は患者が急増した。肝臓ジストマと呼ばれ、のちに日本住血吸虫病と命名されたこの病気は、幼虫セルカリアが中間宿主の宮入貝から泳ぎ出て、人間の皮膚を貫いて体内に侵入して発病する。高熱、粘血便が続き、さらに肝硬変の症状が現れ、腹部が膨張する。

　スクリーンには薄い布団に寝かされ、おしめを当てられた老人が映し出された。手足がやせ衰えているのに、腹だけが異様に膨れ上がっている。気息奄奄といった状態で、しきりに右手だけをあげて、なにか必死に喋ろうとしている。「子供の場合には発育不良が顕著です」と声がして、ふたりの半ズボンにランニングシャツの子供が映し出された。「この子供たちは現在十二歳ですが、左の子は、健康な右の子に比べて十センチ以上身長が低いのです」と解説された。

　ナレーターが「この風土病を撲滅するには、宮入貝の駆除がもっとも有効です」と言った。スクリーンには、麦わら帽を被った野良着姿の大勢の人たちが、田んぼの脇の小川に石灰窒素を撒く光景が映し出された。米粒ほどの大きさの宮入貝を掌にのせてみせる人もいた。「また繁殖する宮入貝を撲滅するためには、その棲息を不可能にしなければなりません」と声がして、コンクリート化がなった鷺野原地区の溝渠が映し出された。「こうした努力の結果、この数年、日本住血吸虫の保卵者は激減したのです」。画面には、水縄市の各地区の糞便検査による保卵者のパーセンテージが下降していくグラフが示された。


　ややあって「荘島《しょうじま》事件の真相」というタイトルの字幕が浮かび、いきなり凄惨な一枚の写真が映し出された。男は右手で軍刀を握りしめ、左手で女を抱いている。女の両手は男の体にきつく巻きついている。あたり一面血の海で、襖にも障子にも飛び散った血痕が付いている。

　大戦の敗色濃い昭和二十年二月、市内荘島五丁目の芸者置屋の二階でこの事件は起こった。男は水縄師団司令部付軍医務部勤務陸軍衛生軍曹、田中丸寅三。女は西部軍野戦部隊従軍看護婦、笠《りゅう》清子。事件の顛末書には、次のことが記されている。田中丸が清子に懸想し、再三にわたって関係を迫ったが果たせず、清子が従軍看護婦として野戦病院に転属されるに及んで、その前夜、芸者置屋に彼女を呼び出し、強引に情交を迫った。しかし清子が拒絶したため、田中丸は軍刀で清子の胸を刺し、自分も喉を突いて自害した。「真相」とは、この写真を見れば、男が単に女に懸想しただけかどうか分かるだろうということなのだ。

スクリーンには、水縄師団司令部正面、一夜川での戦車渡河演習、内務班での食事風景などが映し出され、そのフィルムの間に、数コマの情死の現場の写真が挿入された。別の角度から見れば、ふたりは交合したまま果てたことがわかる。うりざね顔の清子は固く目を閉じ、田中丸はやや薄目を開け、どこか悲しげな目の色をしている。口はなかば開き、最期になにかを訴えかけたかったかのようだ。

三つ目は「サーカスの少女」というタイトルのフィルムだった。最初に水天宮の大鳥居、風にざわめく楠の巨木、組み立て中のサーカス小屋。そしてサーカス小屋の内部が映し出された。観客のいない小屋のなかでは、タイツをはいた少女が、母親から空中ブランコの稽古をつけてもらっていた。空中で一度宙返りをして、待っている母親の手につかまり、反対側へ移る。それがなかなかうまくいかずに、少女は何度も下に張ってあるネットに落ち、大きくバウンドするのだ。何度目かにうまく手につかまって反対側へ移ることができた時、彼女ははじめて笑みを浮かべた。

そのえくぼのできる顔には見覚えがあった。毎年、水天宮の春祭の時にやってきたサーカス。サーカスが開かれる前後一ヵ月ほど、彼女は私たちの小学校へ転校してくるのだ。インタビュアーが少女にサーカスは面白いか、学校は楽しいかと聞いている。彼女は小さな弟をあやしながら、屈託なく両方とも楽しいと答えた。サーカスの本番がはじまるが、彼女は出してもらえない。舞台のそでで真剣な顔で演技をみている少女のアップ。

一度だけ彼女と同じクラスになったことがあった。彼女は標準語を話し、わたしはショックを受けた。わたしの知らない町をいくつも知っている少女への羨ましさとねたましさと。やがてサーカスは終わり、小屋が解体される。本隊とは別に、少女の一家だけオート三輪の荷台に乗って次の興行地へ移っていく。彼女がこちらへ向かって手を振っている。彼女も、サーカス団も次の年にはやってこなかった。また次の年も。

場内は明るくなっていて、観客はわたし一人しか残っていなかった。外へ出ると、夜半を過ぎて繁華街のこのあたりも人通りはとだえていた。苧扱《おこぎ》川沿いを虫の声を聞きながら歩いていると、水縄にはもう帰る家がないのだということに気がついた。そのころのわたしは、どんな職につき、だれとどこで暮らしていたのだったか。わたしの心には屈託があって、水縄の闇へ、闇のなかへ溶け入ってしまいたかった。

水縄夢譚

わたしは水縄の夢をよくみる。東京で暮らした期間のほうがずっと長くなったにもかかわらず、くりかえしよくみるのだ。先年、水縄に帰った折り、友人の車に乗せてもらって一夜川沿いを通った。すると豆津橋の下流にいくつかの突起のついた何か巨大なコンクリートの塊状のものが、川を遮っているではないか。

「あれが美潴大堰《みづまおおぜき》だ」と友人が言った。この大堰に貯めた一夜川の水を、直径二・五メートルの導水トンネルによって、二十四キロメートル離れた牛頸《うしくび》浄水場まで送水し、そこから西海道最大の都市、羽形《はがた》市に給水する。昭和五十三年、大きな河川のない羽形市一帯は異常渇水による給水制限が続いた。そのため、計画だけはあった大堰建設は、急遽着工されたという。思わず「反対運動はなかったのか」とわたしが聞くと、「あるにはあったが」と友人は一息ついて「一夜川の花火大会に比べりゃ、線香花火のごたるもんたい」といまいましそうな語調で言った。なにかしらわたしのうちに無念の思いが残った。後日、わたしはこんな夢をみた。

i

美潴は日本のリトアニアである。美潴を独立した国家として認めよ。冗談のようなそんな主張が人々の心をとらえはじめたのは、いつのことだったか。「美潴百万の県民よ、団結せよ」という独立を主張するパンフレットには「俺ら鼻濁音が使えないと言われ、美潴ののんびりした言葉づかいでは商売は成り立たないと言われ、あげくに一夜川の水は好き勝手に盗み」といった一節も含まれていたと記憶している。

そのころ、夕暮になると旭屋デパートの屋上に据えつけられたスピーカーから、大音響でジョン・レノンの「POWER TO THE PEOPLE」が流れはじめた。くりかえし流れた。その曲とともにぞろぞろと滲みだすように人々が集まってくるのだ。

〽人民に力を
人民に力を
人民に力を
人民に力を　今すぐに

その夜も旭屋デパートのあたりには数千の群衆が集まり、ゆっくりと西へ、美潴大堰の建設抗議デモに向かった。JRのガード下で行く手を阻んでいた治安軍との間で何度か衝突が繰り返された。だがその夜はいつもと違っていた。何度目かの衝突のあと、群衆の中から爆弾が投げ込まれたのだ。耳をつんざく炸裂音とともに治安軍兵士の何人かが宙に舞った。

ii

そのころ姉とともにわたしは水縄に帰ってきていた。わたしが探しあてるまで、姉は東京のもと私娼窟のあった町のスタンドバーの二階に住んでいた。階下の客を二階でとるのだ。「よがり声のいい女だ」と、隣の席で飲んでいた男がつぶやいた。もともと丈夫でない姉の身体は弱っていた。ふたりきりになった時、姉は自分が悪性の貧血だと言った。もう治しようがないのだと。ただひとりの肉親が訪ねてきて、気持がゆるんだのだったか、大きな目を近づけてきて「……ちゃん、水縄へ帰ろう」とささやいた。

わたしと姉が落ち着いたのは、水縄カトリック教会に附設されていた使徒《シド》病院だった。シド病院は、医療機関としては廃業していた。そんなところでわたしは、姉にどんな治療をしてもらおうと思ったのだったか。古い木造の二階の病室がわたしたちの部屋だった。八畳ほどの広さに昔風の鉄製のベッドがふたつ置かれていた。外には楠が何本かあって、さらさらと鳴るのだった。

iii

市内の道路は、いたるところにうずたかく土嚢が積まれていた。攻めるに易く守るに難い水縄の地形は、遠からず敵方に制圧されるだろう。だがそれまでは……。アジールという言葉が人々の間で頻繁に使われた。「アジールとしての水縄を死守するために」、「今ここにある美潴というアジールを永続的に存続させるために」。美潴独立運動の中心組織「私はどこにでもいる」の情宣部に属したわたしは、こんな文章を書いたことを覚えている。

……一夜川の豊かな水を盗む者は、さらにひどい喉の乾きにさいなまれるだろう。際限のない欲望に災いあれ。だが、ことは水の搾取ということにとどまらない。人間と相撲をとることが好きだった一夜川の河童は、秋に山に入って山童になったきり戻ってこない。初夏に一夜川をさかのぼってきたカタクチイワシ科の魚、エツは、大堰にはばまれて、産卵場所をなくそうとしている。河童もエツも住まない一夜川は、もうもとの一夜川ではない。水が流れ去るだけの匿名の大きな溝にすぎない……

iv

治安軍の盆明け攻勢がはじまった日の夜、姉はもう立つことができないほど弱っていた。つけっぱなしのテレビから、美潴独立放送のアナウンサーが報じた。「独立交渉は不調に終わりました。美潴独立暫定政府は、明朝、独立宣言を発表する予定です。治安軍機動部隊は羽形方面から進攻中です。戦闘員以外の方々は誘導に従って、ただちに高牟礼山方面に避難して下さい。無用な犠牲者を出さないために、誘導に従ってただちに避難して下さい。繰り返します……」。

わたしは姉を抱きかかえて避難しようとした。すると姉は、それを制止した。「私はここで死にます。あなたは逃げて」。不意に大粒の涙をおとし、唇をさしだしてきた。やがて鋭い着弾音が何度も響いて、水縄の町のあちこちで火の手があがった。「姉さん、一緒に死にましょう」、自分でも思いがけずわたしはそう言った。旭屋デパートが炎上するのを、わたしたちは楠越しにうっとりと眺めていた。まるで昔から仲睦まじかった夫婦のように。

曙町夜話

その一団の人たちは、戦後まもない頃、時代の風潮に逆らうようにして水縄の山の奥深くに移り住んだのだという。彼らは山に関わるなにか風変わりな信仰をもっていたらしい。村人との間には自然にできたテリトリーがあって、村人といえどもそのなかへは、入れなかった。彼らの一部は、心ならずも遠くの町に出て働き、一団の生活を支えているようであった。といって村人たちと全く接触がなかったわけではなく、稀にだが、熊胆《くまのい》などと日用品の交換を求めてやってくることもあったという。

春浅い日、一団のなかの十五歳になる娘が木の芽を摘みに山を降りてきたところを、鳥撃ちにきた町の青年たち数人によって輪姦されるという事件が起こった。娘はそのことを隠し通したが懐妊していた。しばらくして、激しい痛みと出血によって、流産の危機にあることが判明した。晩春の夕暮、天狗面の異形の男たちに担がれて娘は山を降りてきた。男たちは、村の一本道を赫々とたいまつをともし、あたりを睥睨する無言の威圧感をあたえて通り過ぎた。娘は、激痛のなかで、か細く「恨ミマスル、恨ミマスル……」と声をあげた。その先の水縄市内の病院に収容された娘は、かろうじて一命をとりとめた。けれども男たちは二度と娘を引きとりにこようとはしなかった。またそれ以降、外界とのわずかな接触も絶ってしまった。娘は山に還れないことを病床で何度もくりかえし嘆き悲しんだという。

その娘がわたしの妻だ。うずくまるように低い家並の続く、曙町という名の町の片隅に、妻との生活ができるだけの働き口を探してわたしは生きている。妻を抱き寄せ耳を澄ませば、かすかにしかし確かに聴こえてくる。山の夜の樹々の間を吹きわたる風の音や、谷底のせせらぎの音、物の怪の立ち上がる気配が。

離魂譚

〈時の穴ぼこ〉は、思いがけないところに口を開けている。穴ぼこにはまると、わたしはぐいぐいと水縄に吸い寄せられていくのだ。先だっての夕暮にも、こんなことがあった。

仕事が終わって、わたしは地下七階の都営大江戸線新宿駅から地上に出ようとした。どう出口を間違えたのか、わたしはいつもとは違う、下をJRの線路が走る陸橋の脇に出たのだ。そこからはイルミネーションの瞬く高島屋タイムズスクエアの全容が眺められる。雪さえちらつくその日は、早く匿名の人間になってどこかで温まりたかった。

タイムズスクエアをくぐり、大型ゴルフ店ビクトリアの側に渡り、何の気なしに最初の角を右に曲がると、あたりの喧騒は消え、人影が途絶えて、一帯は薄暗く古い旅館街が続いているのだ。

旅館には「御一人様歓迎」という看板も出ているのに、門扉に錠がおりていたり、入口をふさぐように自転車が横向きに置かれていたりする。それでも百メートルほど先には、明治通りとおぼしき通りが見え、車が往来している。迷ったりしないと思って進んでゆくと、途中からさらに右に折れる道があった。すぐそこには明治通りだ。この道を入るとまたもとのタイムズスクエアのほうへ戻るのだと思って曲がると、そこは一層暗い通りだった。

いつしかわたしは、左側から雪まじりの風を受けていた。この風は一夜川のほうから吹いてくる風だ、近くに一夜川が流れているのだと感じた。暗い道を足早になってずんずん進むと、目が慣れて右側に低い軒の家並みが見えてきた。家々からは、ほのかに灯りもともっている。夕餉の食卓を囲む時間だろう。

さらに道はゆるく右に曲がっていて、その先に店の前をよしず張りにした小さな居酒屋がうずくまるように建っていた。たてつけの悪いガラス戸を開けると、なかはカウンターになっていて、土間には、暖をとるための七輪に練炭が赤々と燃えている。店は初老の夫婦が二人でやっていた。わたしは熱燗をたのんだ。

「なァあい。冨の寿でよかですか」

その応諾を意味する「なァあい」という言葉の訛りがわたしの耳に心地よく感じられた。なみなみと注がれたコップ酒に口を近づけてゆっくり飲むと、身体のそこから温まってくるようだった。店には裸電球がふたつ灯っていたが薄暗く、外の風でガラス戸がガタガタと鳴った。何人かのオーバーを着たままの先客がいた。

「こないだの大水の時は、ここいらひどかったじゃろう」

先客のひとりが、思い出したように店の主人にいった。

「そりゃ、ひどかった。そこの土手から滝んごと水が流れ落ちてきて」

なにかのんびりした口調で主人は答えた。少し間をおいて、また別のひとりがいった。

「屋根ん上まで水浸しね」

「うんにゃ。ここんにきは堤防んこっぱげんかったけん、床上までですんだと」

洗いものをしていた店のおかみが顔をあげ、またのんびりとした声でいった。二杯目の酒に口をつけていたわたしは、ここが昭和三十年以前の大水害のあとの水縄だと分かった。

わずかな酒で酔ったわけでもないのに、次第にまわりの輪郭がぼやけてきた。目をつむると、引き込み線をワムとかワラとかの記号のついた貨車が何十両もゆっくりと入ってきた。せわしげに荷物を積み込む人たちの姿。工場の終業を知らせるサイレン。白い息を吐きながら、道路いっぱいに拡がって自転車に乗った人たちが家路を急ぐ姿。先客たちと店の夫婦の会話は聞こえているのに、そんな情景が浮かんでは消えた。

先客たちは帰り、店にわたしひとりが残った。ふと目の合ったおかみが顔を近づけてきていった。

「どうしなさったと。なんか心配ごとね」

わたしはあわてて首を横にふった。奥の小椅子に座って、煙草をくゆらせていた主人がにっこりしながらいった。

「だんだんにたい。だんだんに良うなる」

わたしは壁に貼ってあった「素《す》うどん　十五円」を指さして頼んだ。とろろ昆布ときざみ葱ののったうどんを食べ、背中を押されるようにわたしは店を出た。

雪まじりの風はいっそう強く、一夜川のほうから吹いてきた。わたしはもと来た土手添いの道を歩いた。歩きながらわたしは気がついていた。あの先客たちのなかに父がいた。席を立って帰り支度をはじめた時、目の端で見たグレーの格子縞のオーバーを着て、中折帽をかぶりなおした人が父だ。おしゃれだった父。お酒が弱かったのに、酒席は好きだった父。今のわたしよりも若かった日の父。それからいつも胃下垂だといって薬を飲んでいた経理の楠本さん、ジャングルで猿を食べて生きのびた話をしてくれたレントゲン技師の弟子丸《でしまる》さん、わたしに中古の子供用自転車を運んできてくれた営繕の四方堂《しほうどう》さん、みんな父と一緒に仕事をした人たちだ。もうみんな死んだ人たちばかり。なぜ死んだ人間ばかりがこんなに懐かしい。

悲しくて、わたしは新宿の雑踏のなかへ帰ってきた。

註　『水縄譚』（一九九三年）、『水縄譚其弐』（二〇〇〇年、いずれも思潮社刊）、上記二冊から水縄に関わる詩篇のみを集め、いくらか措辞を改めて『定本 水縄譚』とした。

詩集〈筑紫恋し〉から

筑紫恋し

となりの葛ヶ谷公園で蟬が鳴き出したのは八月二日と日
　記に記している
鳴き声を聞かなくなったのは彼岸のころだったか
最初は油蟬　ミンミン蟬で八月後半からは法師蟬が加わ
　った
熊蟬の声は聴かなかった
八月の終わりからは法師蟬ばかりがよく鳴いた
今年はとりわけその鳴き声が心にしみた
ツクツクシオーシ　ツクツクシオーシ　ツクツクシオー
　シ

六月に母が亡くなった　九十二年の生涯だった
母への思いを込めて喪主挨拶をしたいと思った
三十人ほどの会葬者にむかって

——母の句に「わが夫《つま》の浄土に待てり天の川」とありま
すが、父が帰幽して四十二年目にして、ようやく送り出
すことができました。
（そこのところで泣かないように）
わたしは泣かなかった

この夏はむかし父が整理したアルバムをよく開いた
一九五五年の初秋にとった家族写真
父が結核療養所から帰ってまもないころの写真だ
久留米市大石町の市営住宅の庭で一家五人寄り添って
父は痩せているがわたしの肩に手をおいて笑っている
ひっつめ髪の母も口をすぼめて笑っている
ふたりの姉の胸には小学校の名札が縫いつけてある
姉弟とも母が仕立て直したスカートをはき　半ズボンを
　はいている
わたしたちのうしろには糸瓜棚　そのむこうには畑と
　樹々が写っている
まだわたしたちのまわりでは法師蟬が鳴いていただろう
オーシツクツクシ　オーシツクツクシ　オーシツクツク

シ

わたしが母と離れて暮らしたのは十年
東京の大学に進学し就職し結婚し子供ができるまでの間だ
東京で一緒に暮らした三十年
母に心配をかけることはなかった　と思う
経済的な面でも精神的な面でも
母は天寿をまっとうしたと言っていい
ことさらに悲しがることじゃない

忌引明けの朝　耳に異常を感じた
右の耳が詰まったように感じて人の声がくぐもって聞こえるのだ
四日目に会社の近くの山王病院で診てもらうと突発性難聴という診断名だった
——なにかいつもと変わったことがありましたか。
——特には。おふくろが死にましたが。
——それが原因かもしれません。お母様が亡くなるというのは充分にストレスですから。
難聴はいくらかの聴力低下をのこしてほどなく快癒した
わたしに憮然とした思いが残った

最後に病院に見舞いに行った五月
(母は最後まで呆けなかった)
彼女はわたしに聞いた
——あなた会社で偉くなったと。
——ああ。部長だよ。
——部長の上はなかと。
——もうそげん偉《えろ》うならんでもよかろうが。
——文学はいい加減にしとかんとね。
このごろのならいとしてよく郷里の画家青木繁の歌を口ずさむ

わが国は筑紫《つくし》の国や白日別《しらひわけ》母います国櫨《はぜ》多き国

帰りのバスのなかでもこの歌が口の端に浮かんだ
三十年も一緒に東京に住んでどうして筑紫が「母います

国」なんだろう

九月のある早朝
煙草を吸いに公園に面したウッドデッキに出た
家のほうにむかってせり出したソメイヨシノの法師蟬が
　ひとしきり鳴いた
（まるで今年の鳴きおさめのように）
ツクシオーシ　ツクシオーシ　ツクシコイシ　ツクシコ
　イシイイイ
鳴き終わってふと気づいた
今年の法師蟬の声がひとしお身にしみて聞こえるのは母
　が死んだからだ
「母います国」が恋しくて蟬になったわたしの魂が鳴い
　ているんだ
けれどもわたしは泣かなかった
泣かなかった

カフカの職場

大学二年を迎えようとする春浅い日の早朝
わたしは新潮社の旧版カフカ全集第一巻『城』を読み終
　えた
果てのない迷路をめぐる悪夢の物語であったのだけれど
　も
わたしのなかには読みきった爽快感だけが残っている
下宿近くの三鷹の天文台の構内に鉄条網をくぐって入り
　込み
口笛を吹いて散歩した記憶
あれから四十年経ち定年退職する歳になってわたしはお
　ずおずと言ってみる
カフカの生き方を範とした
おこがましい　おこがましい言いかただけれど
フランツ・カフカ　一九〇八年―一九二二年
労働者傷害保険協会勤務　秘書官主任（部長）

近藤洋太　一九七三年―二〇一〇年
健康保険組合連合会勤務　広報部長

わたしが半官半民の会社に入ったのは偶然に過ぎない
就職した当時カフカが勤め人であったことを知ってはいたが
半官半民という身分であったことまでは知らなかった
勤めながら文学をやりたいという気持と
同じくらいのやれないのじゃないかという不安
四十歳　四十五歳　五十歳　わたしは何度も会社を辞めたいと思ったけれど
自分をカフカに擬することによってようやく踏みとどまったのではなかったか

五年前会社から永年勤続表彰を受けて一週間の休暇と金一封をもらった
もらった休暇と金一封　それにいくらかのお金を足して
　プラハに出かけた
カフカが生涯のほとんどを過ごしたチェコのプラハへの

　六泊八日の旅
残っていたわたしの計画メモによれば
　7月24日（土）成田発12：20→ミュンヘン着17：35
　ミュンヘン発19：05→プラハ着20：10
　25日（日）10：00～　労働者傷害保険協会→火薬塔→ツェルトナー小路→旧市広場

計画どおりわたしはプラハについた翌朝にカフカの職場のあった場所に向かった
ただしデジタルカメラに残った画像の記録では
最初にカフカが住んだ旧市広場に行き
ツェルトナー小路　火薬塔を経て労働者傷害保険協会に向かっている
カフカの家から職場までゆっくり歩いても十分かせいぜい十五分
石畳の道の両側のどの建物も堅牢で立派だ
五階建ての労働者傷害保険協会は現存していてホテルになっていた

若い友人グスタフ・ヤノーホの書いた『カフカとの対
話』によれば
一九二〇年当時カフカの執務した部屋は三階にあり
ふたつ並んだ事務机の一方がカフカの席だった
弁護士事務所の所長室に見られるような格式ある優雅さ
を思わせたという
カフカはこの職場で朝八時から午後二時まで六時間働い
た
昼休みのない連続六時間の勤務体制が小説を書くにはよ
い条件となった
とはいえカフカは職場の仕事をないがしろにしたのでは
ない

病弱ではあったが勤勉でかつ優秀であった

ヤノーホの本にはふたりの散歩の記録が残されている
モルダウ川をはさんでプラハの中心部はせいぜい三キロ
メートル四方
彼らはさまざまな小路を抜け立ち止まり牛乳を飲みなが
ら語り続けた

旅発つ前にわたしはふたりが歩いた散歩のコースを書き
抜いておいた
それは二十一のコースになった　たとえば

ツェルトナー小路↓旧市広場↓ゲムゼン小路↓アイゼ
ン小路↓リッター小路↓メラントリヒ小路↓市役所↓
カフカの家

労働者傷害保険協会↓グラーベン街↓ヴェンツェル広
場↓オープスト小路

マリア保塁↓シュタウプ橋↓お城のふたつの中庭↓市
役所坂↓ロレットー小路↓ロレットー広場

プラハの街では朱色のプレートに白抜きで小路の名前が
表記されている
このプレートをたよりにふたりが散歩した道をたどるこ
とにわたしは飽きなかった
六日間に歩いた歩数は九万七千歩

歩幅を七〇センチとして六八キロメートル歩いたことになる
歩きなれないプラハの石畳の道に日暮れになると足が腫れてしまった
湿布薬が欲しかったのに薬局で言葉がうまく通じなかったため
買ってしまったアイスノンで夜は足を冷やした

わたしの六泊八日のプラハへの旅
パソコンの画面に五年前の写真を今一度映しだしてみる
ツェルトナー小路から火薬塔へ　さらに労働者傷害保険協会へ向かう道
この道をカフカは毎朝通ったのだ
見上げるこのホテルの三階の事務室で執務したのだ
『城』では果てのない迷路をめぐる悪夢に悩まされたのに
プラハの街は隅々まで知り尽くして歩いた長身痩軀のカフカ
陰影濃く歴史が折りたたまれた美しい古都
〈通り抜けの家《ドゥルヒハウス》〉を吹き渡る風を感じながら
わたしはカフカがこの街で生きたという事実に静かに圧倒されている

退職の朝

三月二十九日深更
書斎で退職の挨拶の文章を考えていた
(月並みだけれども心をこめて)
「三月三十一日をもちまして、三十七年間勤めました……」
「大過なく勤めあげることができましたのもひとえに皆様の……」
返セ
不意に横合いから声が聞こえた
わたしの声のようであり　そうでもないような
返セ　返セ　返セ

退職に向けて手続きしたこと
四月以降の厚生年金の受け取り申請
国民年金の三年間の任意加入申し込み
国民健康保険組合への加入申し込み
生命保険特約部分の解約返戻請求
住宅ローンの一括返済

これらはわたしが今後生活していくために必要な手続き
「……散歩と読書、そして執筆に励みたいと念じており
ます。」
「今後とも変わらぬご交誼をお願い申しあげます。まず
は略儀ながら……」
返セ
また声が別の方向から聞こえてきた
わたしの声ではないようであり　けれどもそうでもない
ような
返セ　返セ　返セ
わたしは会社の処遇に不満があったのではない
むしろ同僚先輩に恵まれたよい会社人生だったといえる
のだ
世間の言葉でいえばハッピーリタイア
なにを返せというのか

古い記憶がフラッシュバックして甦ってきた
わたしは高校三年生
恩師の永田茂樹先生と向き合っている
(先生は詩人だった)
——近藤君。文学部にいかなくても文学はできるよ。む
しろ法学部や経済にいった方が世の中のことが分かって、
文学には役に立つかも知れないよ。
わたしはぼんやりと文学を職業とすることにあこがれて
いた
大学は文学部にいきたい
けれどもこの年にわたしは父を亡くしていた
周囲は文学部にいくことを暗黙のうちに反対していた
永田先生の言葉はわたしに説得力をもった
わたしは商学部に行き　先生の教えを守らず大学の勉強

はまったくしなかった
卒業せざるを得なくなってあわてて決めたのが今の会社
　というわけだ
よく三十七年間も勤められたものだ

三月三十日
会社のシュレッダーにかけて処分したもの
スタッフの人事考課表のコピー
上位者評価（多面評価）表
人事異動通知書
五年分の給与明細書

この春にかけて誂えたもの、買ったもののリスト
春夏バージョンのスーツ（ダークグレイ）一着
ボタンダウンのワイシャツ二枚
ポロシャツ一枚　ズボン二本
タウンシューズ二足
大型のデイパック一個
ジーンズ二本　Tシャツ五枚（ユニクロで）

退職を機に処分するもののリスト
通勤用ショルダーバッグ二個　通勤靴三足
ワイシャツ八枚　ネクタイ十六本
秋冬バージョンのスーツ四着　春夏バージョンのスーツ
　三着
その他ジャッケット　ズボンの類

これからは会社とはまた違う生き方をしたい
けれども六十歳は一日にたとえれば十八時
くたびれて家路をたどるたそがれ時
そのときまた別の太い声が聞こえてきた
常ニ汝ノ所与ノ条件ノモトデ奮励スベキ……
所与ノ条件ノモトデ……

三月三十一日
午前十時　会長室で最後の辞令を専務理事から受ける
「定年により本職を免ずる
　退職手当〇〇〇〇万〇〇〇〇円を給する」

健康保険被保険者証
身分証明書
リロカードを返却
午後二時〜四時　最後の会議に出席
午後四時四十分　玄関で皆に見送られて退社
会社から遠ざかるにつれ　さらに別の声が聞こえてきた
……ヲ解除セヨ　……ヲ解除セヨ
……ヲ元ノ位置ヘ戻セ　……ヲ元ノ位置へ

棺桶リスト

こんにちは。はじめまして。近藤といいます
これから一年間　文学創作実習Ⅲを担当します
この一年どういうことをやるのかということの話をします
話を聞いたうえで受講カードを出すかどうか決めてください
〔シラバスを配布。一年間の実習計画を説明する。〕

さて最初にやってもらいたいと言ったバケットリストの作成
これはアメリカの映画「THE BUCKET LIST」をヒントにしています
バケットリストとは日本語に訳せば棺桶リスト
日本では二〇〇八年に公開されて　僕はレンタルのDVDで観ました
邦題は「最高の人生の見つけ方」
観た人がいるかもしれませんがちょっと内容を紹介します
大富豪のエドワードと自動車修理工のカーター
彼等はいずれも余命六カ月と宣告された同じ病室のがん患者です
ある朝エドワードはカーターが紙切れに書き　破棄しようとした棺桶リストを見つけます
それはカーターが二カ月だけ通った大学の教授が課題として出した生涯計画のこと
つまり棺桶に入るまでにどれだけやりたいと思ったことを実行できるか

棺桶リストは残された半年のふたりのやりたいことのリストとなります
スカイダイビングをする
ムスタングに乗る　刺青を彫る　ヒマラヤに登る
彼らは世界一周の旅に出ます
けれどもこの映画は人生の最後をやりたいようにやって死ぬというだけの話じゃない
もっと深いものがあるのですが関心のあるひとは映画を観てください
エドワードをジャック・ニコルソンが
カーターをモーガン・フリーマンが演じたよくできた映画だと思います

この映画を観てしばらく経ったあと
ダンボール箱のなかの手紙やノート類を整理しているうち
一九六六年の日記が出てきた
もう何十年も開いたことのない日記
まるでタイムカプセルを開けたかのようだった

十月二十五日の日記の一節

わたしは九州の国立大学文学部に現役で合格する
四年後　大学に残り文学の研究をする
その十年後　助教授になり、○○さん（当時好意を寄せていた同級生）を妻とする
その二十年後　教授になり、詩集数巻を執筆し世に認められだす
その三十年後　東京の私立大学文学部の主任教授に招かれる
その四十年後　名誉教授になり軽井沢に居を移す
その五十年後　詩の執筆中に急逝

これもまた棺桶リストの一種
わたしの高校二年生の十七歳の棺桶リストではないか
わたしは高校時代は天文部に属して天体観測に熱中したルーティンの太陽黒点観測
一九六五年秋　朝方の南東の空に尾を引くイケヤ・セキ彗星を観測

同年晩秋　長い痕を残すしし座流星群を観測
一九六六年春　三十八年ぶりの冠座α流星群のやや盛ん
　な活動を確認
同年夏　他校の生徒と合わせて四〇名でペルセウス座流
　星群のグループカウント
天文学者になりたい　それがだめでもアマチュア天文家
　になりたい
それがどうして文学志望　詩を書く少年になったのか
高校二年の教科書で中原中也の詩に出会い　以降近代詩
　人の詩を読みはじめ
中也ほかの詩人を模した詩を猛烈に書きはじめた
この時期わたしのなかで理系から文系への転向が起こっ
　ている
もっともここにはエクスキューズも混じっているはずだ
高校二年で物理、化学が入ってくる　数学の質が変わっ
　てくる
わたしはそれらの科目に歯が立たなかった
歯が立たないと認めたくないから替わりに詩という世界
　を自分のなかに呼びこんだ

それは見逃すとしてもこんな大学アカデミズムのコース
　を誰に教わったのだろう
なんと可愛げのないサクセスストーリー
詩を書くこととアカデミズムはなんの関わりもない
好意的に解釈すれば
詩を書きながら普通の勤め人の生活を送るということが
　結びつかなかったということか
それでもこの棺桶リストは今のわたしに関わると思った
世に認められたかどうか別としてわたしは詩集五冊　評
　論集四冊を刊行した
教授にはならなかったが　いつの間にか大学で教えてい
　る
それにしても驚いたな　この棺桶リストには
早死の人も長寿の人もいますが　今日本人男性の平均寿
　命を八十歳とします
これを一日二十四時間に直すと君たちは二十一、二歳だ
　から午前六時過ぎ
僕は六十歳になったので午後六時

朝六時に起きてさて今日はなにをやろうかと考えるのと
夕方六時に今日なにをやり残したかと考えるのとは違います
今日は僕の棺桶リストを見せます
〔わたしの棺桶リストを配布〕
こんな風にＡ４の紙一枚に箇条書きでまとめてくださいね
まず１の項目　平均寿命まで生きる
本当を言えば僕は百五十歳まで生きたい
なぜならやりたいことがまだたくさんあるからです
だけど人間というものは百二十歳くらいを上限として必ず死ぬようにできています
人間はいずれ人生の途中で死んでいく　これは仕方がない
だから目標は平均寿命まで生きる
そのために節酒、断煙を心がけます
いまのところ煙草は一年四カ月やめられてはいますが安心はできない
スポーツクラブにも通っているし　町歩きもします
ことに町歩きは好きだから　数年前から下町を中心にひとりで歩きます
２の項目　生涯現役を貫く
このなかのひとつは七十歳まで講師を務める
人に教えるということはまず自分が勉強しなければならない
七十歳まではそれをやり続けたいと思っています
それだけの体力があるということが前提ですが
もうひとつは生涯著述活動を続ける
ここに挙げている八つの評論、伝記、小説のテーマは
原稿が半分以上できているもの
原稿はコラムの形でできているけれど　まったく作り変える必要のあるもの
まったく手をつけていないものもあります
これから新しいテーマがみえてくるものもあるかと思います
詩集の類はこれらに入れていないですがどれだけになるかわからない
３の項目　南半球を旅する

ブエノスアイレスと書いていますが南半球
北半球は仕事でもプライベートでも何度か行きましたが
南半球の知らない町の知らない風に吹かれてみたい
国内では以前からずっと行きたいと思っていた
秋田西馬音内《にしもない》の盆踊りを昨年見ました
生者と死者がともに舞う妖艶な盆踊り
だからこれは棺桶リストからはずしました
熊野玉置《たまき》山の大杉は友達が案内すると言ってくれていますがまだ実現していません
旅をすることをすぐ文学と関わらせようとする悪い癖があってね
本当に旅そのものを楽しめるようになれるといいんですが
4の項目　若い人に親切にする
僕は若い頃　生意気で礼儀を知らなかった
いろんな先輩にさまざまにたしなめられ　またいろんなことを教わった
今では大半のひとが亡くなってしまいました
もう彼らから受けた恩義を返すことはできません
その代わりに今の若い人たちにその恩義を少しでも返そうと思っているんです
若い人に親切にするとはそういう意味です
もっともおせっかいに思われる場合も多々あるでしょうが
5の項目　友人を大切にする
実はこの問題が一番難しいのかもしれないな
昔からの友達ほどお互いを知りすぎている
歳をとるほどわがままになってくる
けれどもまあ頑張ってみたいと思っています
今日はこれくらいにしておきます
受講カードを出す人は　来週棺桶リストを持ってきてください
みんながどんな棺桶リストを作ってくるか楽しみにしています

祝辞

夏樹、路代さん、おめでとう。
三十六年前、僕ら夫婦は杉並区民会館で結婚式を挙げました。参会者は身内だけ十一人。そのときの挙式費用も覚えています。七万五千円。けれども皆が喜んでくれた結婚式でした。今日もまた、身内だけですが、心のこもった挙式になりました。

母サン　見エテイマスカ
夏樹ガ結婚シタンデスヨ
相手ノ女性ハ八歳年上
驚キマシタカ
デモ結婚ガ決マッタトキ　会社ノ若イ人タチニ話シタラ
僕ノ女房ハ五ツ年上デス　俺ノ嫁ハ七ツ年上
ソンナ時代ラシイデス

君たちは忙しくて見ていないでしょうが、今、朝の連続テレビドラマ「ゲゲゲの女房」が放送されています。僕はあのドラマを毎朝見ています。あれを見ると夫婦というものがよく分かります。一見、夫唱婦随の話のように見えますが、水木しげるという漫画家を作り上げたのは、彼個人だけでなく、奥さんの力が大きかったのです。伴侶を得ることによって水木しげるの漫画は大きく変貌を遂げました。

母サンニハ話サズジマイデシタガ
僕ラガ大学ヲ卒業スル年ノ一月
帰省シテイタ裕美子カラ
至急魚津ニ来テ欲シイト電話ガアリマシタ
彼女ハ両親カラ何故東京デ就職スルノカト問イ詰メラレ
東京ニ好キナ人ガイル　ト言ッテシマッタノデ
僕ガ呼ビ出サレタノデス
周リハ皆就職ガ決マッテイタノニ僕ダケガマダデ
トテモ結婚ノ申シ込ミナンテデキナカッタノニ
彼女ガ強行突破シタトイウワケデス
オ義父サンカラ一晩中二人ノ関係ヲ問イ質サレ　別レテ
　ホシイト懇願サレマシタ

夜モ白ミハジメルコロ　オ義母サンカラ結婚スルトシタラ何ガ欲シイト聞カレ
疲レタ頭デナニゲナクかーてんハ要ルンジャナイデスカト言ッタラ
彼女ハ裕美子ノ頬ヲ思イ切リタタキマシタ
本当ハ僕ヲブン殴ッテヤリタカッタノカ
コンナ不甲斐ナイ男ヲ連レテキタ娘ノ目ヲ覚マシテヤリタカッタノカ
僕ハ最終列車デ魚津ニ行キ
結局一睡モサセテモラエズ　始発デ帰ッテキマシタ

僕はある先輩に、夫婦は株式会社だと言われたことがあります。それはお互いがお互いをよい意味でマネジメントする力のことを言うのだと思います。念のためにマネジメントをそのまま管理と理解されると困るので、僕ら夫婦のことで話します。僕の側からすれば、会社勤めをしながらなんとか文学の志を捨てずにこられたのは、裕美子さんのおかげです。彼女が僕のやりたいことを理解し、励まし、さまざまな条件を整えてくれたおかげなのです。

ソノ夜カラ一年後ノオ義父サンノ手紙モ母サンニハ見セマセンデシタネ
「娘ノ選ボウトスルコノ話ハ総合的ニミテ反対ノ立場ヲ取ラザルヲ得マセン。
何故ナラ小生ハ結婚ノ条件トシテ、次ノ二点ヲ望ミマス。
①相手ガ立派ナ青年デアルコト（生活力、健康ナドヲ含メテアル程度以上ヲ私ハ望ミマス）。
②本人ヲ含メ家庭ノ経済状態ガシッカリシテイルコト。
ケレドモ貴兄ハ、コノ条件ニ適ッテイマセン。
①ニツイテハ性格ノ明朗性ニ不満ヲ感ジルコト、健康面デ不安ヲ感ジルコト（そのころの僕は今と違って痩せぎすだった）。
②ニツイテハ、アナタノ家ノ負債ガマダ数十万円残ッテイルコト……」。
母サン　僕ガコノ手紙ヲ今モ捨テズニ持ッテイルノハ決シテ魚津ノ両親ヲ見返シテヤリタイタメデハアリマセ

ン
親ノ娘ニ対スル無類ノ愛情ヲ感ジトルカラデス
ダカラ捨テラレナイノデス
今デモオ義父サンオ義母サンノ期待ニ本当ニ応エテイル
　ノカ分カリマセン

伴侶を得ることによって、人生は大きく飛躍する可能性が開けてきます。路代さんがより大きな役者に成長するように、夏樹が映像を仕事としてより視野を広げていけるように、お互いの力が必要なのです。どうかふたりが心から尊敬し、信頼しあえる夫婦となり、暖かい家庭を築いてくれるように祈ります。

母サン
僕ラ共働キノ夫婦ヲ助ケテ
母サンガ育テテクレタ夏樹ガ結婚シタンデスヨ
新居ハウチノ家カラ歩イテ三十分ホド　都営大江戸線新
　江古田駅ガ近イデス
すーぷハヤヤ冷メルカモシレマセンガ　ホドヨイ距離デ
ス
母サン
皆ガ豊カニナッテイッタ右肩上ガリノ僕ラノ時代ト違ッ
テ
コレカラノ夏樹タチハ厳シイ
明ルイ展望ヲ描クコトガデキニクイ時代ニ生キテイクノ
デス
モットモコウシタ決メツケヲ
「不況ねいてぃぶ」ノ夏樹ノ世代ハ迷惑ニ思ウカモシレ
マセン
トハイエ母サン　ドウカソチラカラフタリヲ守ッテヤッ
テ下サイ
僕デスカ　僕ハコノ世ニモウシバラクイタイ
ダッテマダヤリタイコトノ十分ノ一モヤッテイナイノデ
ス
デモイズレ行キマスヨ
ソレマデソチラデドウカオ元気デ

走る男

地下鉄の車窓の向こうには
並行して暗い川が流れている
ときおり川の流れる音が聴こえ
一瞬川面が光るのが見えることがある
吊革につかまり目を閉じれば
いっそうはっきりと川面が光り
向こう岸を駆けながら
こちらに向かってなにか懸命に叫んでいる男が見えてく
る
その男は何を叫んでいるのか
何を訴えようとしているのか
わたしを叱っているのか
励ましているのか
カーブを曲がるたびに電車は擦過音をたてる
わーうっしゅわ　わーうっしゅわ　しゅわ　しゅわ
しぇい　しぇい　しぇい　しぇい

だだーん　だだーん　だだだん　だだだん
どどっ　どどっ　どどどど　どどどど
きーちー　きーちー　きちきち　きちきち
ぎぎゃう　ぎぎゃう　ぎぎぎぎ　ぎぎぎぎ

会社は営団地下鉄千代田線乃木坂駅の上にあったから
営団地下鉄丸の内線荻窪—国会議事堂前間　千代田線国
会議事堂前—乃木坂間
千代田線綾瀬—乃木坂間
千代田線明治神宮前—乃木坂間
都営十二号線落合南長崎—東中野間　千代田線明治神宮
前—乃木坂間
大江戸線落合南長崎—代々木間　千代田線明治神宮前—
乃木坂間
大江戸線落合南長崎—青山一丁目間
引越したり　新線が出来たりして経路は変わっても
三十七年間　わたしは地下鉄で通勤してきた
営団地下鉄が東京メトロに変わり
都営十二号線が都営大江戸線に変わっても

わたしはずっと地下鉄で
そして久しい昔から　走る男は川の向こう岸を並走して
　いたのだ
駆けながらこちらに向かって叫んでいる
何を叫んでいるのか　何を訴えようとしているのか
わたしを叱っているのか
励ましているのか

しかりき　しかりき　しか　しか　しか　しか
しーかー　しーかー　しか　しか　しか　しか
ちちー　ちちー　ちぃちぃ　ちちちち
しーつつ　しーつつ　しーつつ　つつつつ　つつつつ
だだーん　だだーん　だだだん　だだだん
どどっ　どどっ　どどどど　どどどど

叫んでいるその男はだれなのか
わたしの顔見知りか　それともまったく未知の人間
ひょっとしてわたしの分身
叫んでいる表情は分かるが顔が見えない

走る姿から男を見分けることもできない
車窓の向こう
目を閉じればいつの間にか並走している男
三十七年の長きにわたって並走してきた男
懐かしくもある走る男

退職したあともわたしは毎週地下鉄に乗り大学に非常勤
　講師として出講する
所沢校舎に向かうため大江戸線落合南長崎—練馬間を利
　用する
けれどもあの走る男が消えたのだ
気がついたのは連休明け
車窓の向こう
暗い川が流れているはずの向こう岸に目をこらし
固く目を閉じても走る男は現れないのだ

光が丘から練馬—都庁前—新宿—六本木—築地市場—両
　国—飯田橋—都庁前へ
郊外から都心へと大きく6の字を描いて周回する大江戸

線

帰り道は練馬から終点の都庁前まで6の字周りで乗って
　みたけれども
やっぱり走る男は現れない
さらにもう一度6の字を逆周りに辿ったが
車窓の向こう
暗い川の向こう岸に目をこらし
どんなに固く目を閉じても走る男の現れる気配はなかっ
　た
わたしの耳にはカーブを曲がるたびに響く
言葉の断片にもなりきれない擦過音が聞こえてくるばか
　りだった

だだーん　だだーん　だだだん　だだだん
どどっ　どどっ　どどどどど　どどどどど
かーん　かーん　かっかっ　かっかっ　かかかか
じじっ　じじっ　じじじじ　じじじじ
うぃっしゅわ　うぃっしゅわ　わわっ　わわっ
うーわー　うーわー　うわあうわあ　うわあうわあ

根岸一酒徒

この夏の猛暑で外に出ることが億劫になっているうち
すっかりふさぎの虫が居座っていたから
ようやく秋めいた日　わたしは久しぶりに町歩きを思い
　立った
家の近くには神田川に合流する妙正寺川が流れている
けれども九州の大河　筑後川のほとりで育った人間には
　物足りない
もっと水が欲しい
水辺が恋しい

都営大江戸線築地市場駅を降りて中央卸売市場のなかを
　抜ける
波除神社の脇を通り晴海通りへ出て勝鬨橋へ
もう何度も来た道だ
隅田川の河口　勝鬨橋のなかほどに立って下を流れる水
　を見ていると飽きない
水がぐんぐん湧き上がってくるのを感じる

水の中を通り抜けていく水を感じる
わたしの心が潤っていくのがわかる

いつもは引き返し隅田川テラスを歩いて川を北上する
けれどもこの日は別のルートを考えていた
荒川の河口が筑後川の河口に似ている
しばらく前に読んだ本のなかにそう書いてあった
見晴るかす目の高さに静かに川が流れていて海に続いて
　いる
荒川の河口をみたい
けれどもそこへどう行ったらよいものか
清澄通りへ入ってバス停に立ち荒川河口に行くバスを探
　す
次のバス停まで行けば途中まで行くバスはあるようだ
けれどもその先がよく分からない
業平橋駅行がある
在原業平にちなんだ地名があることを知ってはいたが行
　ったことはない
名前に惹かれる

どちらに行こうか
迷ったまま　バス停そばのライフという名の喫茶店に入
　った
（人生か　人生の分かれ道か）
地図を広げて考えてみたが結論がでない
表に出るとちょうど業平橋行のバスがやってきたので乗
　り込んだ
こんな気まぐれな変更もありか
左に隅田川　右に荒川を意識してバスは木場　白河　菊
　川を通り過ぎる
川をいくつも渡る　汐浜運河　大横川　仙台堀川　子名
　木川（子泣川？　子無川？）
そうか　下町は水の町なんだ
縦横に水が流れる川のある町なんだ
季節が春ならば川を渡り　また川ヲ渡ル　花を看　また
　花ヲ看ルみたいな
緑　石原　すると右手前方にあのスカイツリーが見えて
　いるではないか
思わずバスの窓からカメラのシャッターを切る

けれども意に反してスカイツリーはどんどん近づいてくる
駒形　吾妻橋　スカイツリーは右真横に大きくそびえている

知らなかった
業平橋駅のすぐそばに天衝く勢いで立っているなんて知らなかったなあ
こんなこと　下町に住むわが友上久保や眞理子さんに話したらコケにされるだろうな
おお　そこまで声が届いてきている
――お前、暇なくせしてさ毎日テレビでなに見てんだよ。
――洋ちゃんはさ、どこか下町馬鹿にしてんのよね。

「現在のタワーの高さ四六一メートル」
うれしくなってしきりにシャッターを切った
一九五八年にできた東京タワーは高度経済成長へ向かう日本の象徴になった
スカイツリーは何の象徴になるのだろう

名にし負はばいざ言問はむ御空の木……
なにか希望の象徴になればいいんだけれどもな
それにしても名前に惹かれて乗ったバスが今話題の場所に連れて行ってくれるなんて
わが生涯にもこんな一日があるんだ

帰りは鶯谷で降りて鍵屋に寄った
この店の丁寧に焼いた鳥皮が好きだ
ビールの小瓶をたのみ　次に熱燗を一本たのむ
ここのお酒は二合徳利で出てくる
あまり飲みすぎてはいけないと心をセーブする
でも気になっておかみにこの二合徳利にはどのくらい入っているのか聞くと
――うちは正一合でございます。
知らなかったなあ何度も来ていて
うれしくなって夏大根のおろしと合鴨の焼いたのを追加する
結局よく飲んだ　五本だったか六本だったか

再び電車に乗って井伏鱒二の訳詩「田家春望」を思い出
していた
ウチヲデテミリヤアテドモナイガ……
最後の「高陽一酒徒」のところ
井伏訳ではアサガヤアタリデ大ザケノンダだが
わたしの場合　ウグイスダニアタリデ大ザケノンダ
では語呂が悪いので　ネギシノアタリデ大ザケノンダ
根岸一酒徒　ということにしておこう
すっかり出来上がってしまった頭のなかでそう考えなが
ら家路についた
気がつけばふさぎの虫なんか跡形もなく退散していたん
だ

母の袴

母がまだ生きていたころ
わたしたちはそれまで二十五年間住んでいた西落合のマ
ンションから
五百メートルほど西方移動し　哲学堂公園に近い今のマ
ンションに引越した
一度母が重篤になったとき
わたしたちは葬儀屋に相談した
九十歳を超えているがどのくらいの規模の葬式を出すの
がよいのか　費用はどうか
——身内の方を中心にした家族葬という葬儀のやり方が
増えています。
担当の人はそう言った　もうひとつわたしたちが知らな
かった大事なことも
——この家では仏さんが踊ります。
玄関を入ってすぐ右に母の部屋
左はダイニングに通じる廊下
棺は廊下を曲がりきれず　立てなければ家に入れない
母を踊らせたくないと思ったから
わたしたちは家さがしをはじめた
引越しの準備をしていたとき
妻は母の箪笥の底に　見慣れない袴があるのを見つけた

臙脂と黒の細かい縦縞の袴
入院している母に聞くと　あははと笑いながら
――股のところに継ぎがあたっていたでしょう。
それだけ言ったという
亡くなったあと　妻は母と同級生の山田三重子さんに袴
　のことを聞いた
――小学校の一年から六年まで同じ袴をわたしも持っと
りました。お稚児さんのとき、天長節、お正月、学校の
行事、いつも同じ袴をつけました。
母は嫁入りのときに思い出として袴を持ってきて
台湾から引き揚げてくるときも
久留米から上京してきたときも
行李の底に入れて持ってきたのだろう

母は晩年になるほど　それまでは決して話さなかった
悲しかったこと　辛かったことをもらすようになった
あるとき　彼女は妻に言った
わたしの名前「澄子」は「済」から来ている
「留」「捨」「末」などと同じ意味だと

母のきょうだいは八人
末っ子の彼女と十八歳年上の一番年長の姉をのぞき　み
　んな男であった
「子」の付く名前は最初、女子皇族、華族の間で付けら
　れていたが
大正年間に一般にも広まったという話を聞いたことがあ
　る
だから大正四年生まれの母は「スミ」ではなく
かろうじて「澄子」という名前として本当の意味が隠さ
　れた
小さいころ　誰からか「澄子」の名前の由来を聞いて
父親のところに飛んでいった
――わたしは要らん子だったと。
すると父親は両手で髪をなで頬をなでて
――おまえの名前は、川下（母の旧姓）のほうまで澄ん
どるという意味の澄子たい。よか名前ぞ。
そう言って抱きしめてくれたという

母の米寿の祝いには句集『踏青』を作った

彼女が六十九歳から十七年間
近くの老人クラブの句会で作ったものから二百五十句を
　選んで収めた
母の華美にならないものという希望もあって
表紙本文共紙の六十四ページの冊子を少部数つくって親
　戚縁者の人たちに送った
解説をわたしが書いた
母に原稿を見せ了解をとったうえで入稿した
ところが妻が実家に帰っていた日の夜
十二時を過ぎたころ母がわたしの部屋をノックした
険しい顔をしている
――原稿は、もう印刷屋さんに渡したの。
――渡したけど……。直したければまだ大丈夫だよ。
母はわたしが解説に書いた学歴について　思いがけない
　ことを言った
――長崎県立平戸高等女学校を卒業して……というとこ
ろを削ってほしいのよ。わたしは高等小学校しか出とら
んと。そのことは江迎のひとはみんな知っとることだか
ら。恥ずかしいから必ず切ってね。

険しい表情はほどけたが　今度は遠いところを見るよう
　な悲しい目になって
――あのころ丸屋（と母の家の屋号を言って）にはお金
がなくてね。兄さんたちを上の学校に行かせることが先
だったのよ。あとになって基隆《キールン》炭鉱に勤めていた喜《き》兄さ
んから台湾においで。澄ちゃんが行きたかった学校に入
れてあげるから。そう言われて技芸学校に行ったけど、
お父さんとの見合いの話が進んで、てれんぱれんになっ
てしもうた。
わたしは衝撃を受けた
母が自室に引き返したあと　わたしはこの「学歴詐称」
　について考えた
母からじかに高女卒と聞いた事はなかった
父が何かの書付に平戸高等女学校卒業と書き
そのことをわたしは疑うこともなく　疑う必要もなかっ
　た
父は折り合いの悪かった自分の母親の手前
また帝大卒、医専卒、高女卒のきょうだいの手前
長男の嫁としての母を高女卒と偽ることでかばったので

はないか
すると古い記憶がまざまざと蘇ってきた
中学校に入りたてのころ
母がいつまでもテレビを見ているわたしを叱り
中学に入ったんだから英語もちゃんと勉強しないとねと
　言った
――ふん、母さんなＡＢＣも知らんくせに。
わたしは憎まれ口をきいた
――そんなこと言うもんじゃない！
ふだん穏やかな父がびっくりするような大声でわたしを
　叱った
あわてて母を見返ると　母は何も言わずふっと寂しげな
　顔をした

母が亡くなった年の夏
わたしたち姉弟は江迎の母の実家に位牌を持っていき
遠方かつ高齢で来られなかった九州の従姉兄たちに来て
　もらって供養した
そこには母の同級生の中山初子さんもみえた

――澄子さんは、高等小学校を卒業して長崎の師範学校
の試験ば受けました。わたしも受けて一緒に落ちました。
ふたりで江迎郵便局に勤めましたが、澄ちゃんはもう一
度受けました。師範はね、受かれば学費が免除されたと
ですよ。澄ちゃんは頑張り屋さんで、邦一さんより成績
はよかったけど、邦一さんは体操の特技があって先生に
なったとです。
わたしはこのときも衝撃を受けた
母が師範学校を受けていた　それも二度受けていた
口惜しかっただろう　学問ができなかったことは口惜し
　かっただろう
母にどんな情報があったのかしらないが
不思議なほどに中学、高校とそれぞれの時期に評判のよ
　い塾の先生を見つけてきた
なぜあれほど教育熱心だったのか
自分の無念を晴らしてほしかったからに違いない
今にしてそのことがよく分かる

母が亡くなった年の十二月のある日曜日

下の姉信子から電話があった
――ちょっと早いけど、お正月のお墓の掃除に行ってくるね。康子姉さんも一緒。洋ちゃんが言ってたおばあちゃんの袴、うちにあるけどやっぱりそっちに戻そうと思うの。持って行くけんね、帰りに寄るね。裕美子さんに伝えといてね。
午後二人はやってきて　がやがやと四人で食事になった
母の袴は鴨居にハンガーをかけ　さらに腰のところを洗濯バサミでとめて四人で見た
――この臙脂と黒というのは今の色彩感覚からするとちょっとないいね。
と上の姉
――何か思い出以上のものを感じるわね。切ないなあ。
とわたしの妻
古いアルバムをめくっていた信子が
――ほらこの写真よ。袴の細かい縦縞までは見えんけど。
写真はどこか広い庭のようなところで大人の女性たちにまじって右端に映っている
大人が椅子に腰掛けた背の高さと同じ背丈の母
小学校三、四年生くらいだろうか
ちょっと首を左にかしげるようにして手を前で組み合わせている
利発そうな顔立ちだ
その写真の少女が母だということをこれまで気がつかなかった

リビングの寝椅子でわたしはすっかり寝込んでしまっていたようだ
夢をみていた
六月に母が亡くなったあと
告別式も終ってわたしたち姉弟とその連れ合い　息子甥姪たち
落合斎場から遺骨を持ち帰り　身内だけでわたしの家に来てくつろいでいる
(そこまでは現実にあったことと同じなのだが)
あっ!　しまった
母を車椅子ごと表の駐車場に待たしてきてしまった
わたしはあわてて表へ出た

そこには車椅子をたたんだばかりの母が立っていた
母は父が亡くなる前の五十歳くらいの姿をしている
ベージュのスーツを着て旅行に行くような格好だ
髪はいつものひっつめ髪で
——もう行こうと思っていたのよ。
キャリーバッグを手にしている
——じゃあ送っていくよ。
母が五十歳ということはわたしが十五、六歳でなければならないが
母より年上のようであることがなにか変な感じだ
わたしたちは駐車場をでて新青梅街道に入り　哲学堂公園の方向に歩きはじめた
わたしは母とふたりで歩いたときのことをさまざまに思い返していた
わたしの小さいときは母に手を引かれて
母が年をとって網膜剝離が進んでからはわたしが手を引いて
その道はいつの間にか久留米の水天宮に向かう入り口の大鳥居につながっていた

この道は父の初盆の夜　石井君山下君瀧内君といっしょに精霊舟を運んだ道だ
筑後川の水天宮の突堤から精霊流しをしたのだ
同じ道を母と歩くということは　あの世への道がこの水天宮通りということなのか
——もういいよ。きりがないから。
母は横目でわたしを見てそう言った。
——ああ、いや、そこまでだから。
わたしも母と別れなければならないことをよく知っていた
左に愛甲君の歯科医院の家　久留米文房具の哲ちゃんの家
右にまがれば模型飛行機のこども屋
真っ直ぐ行けば加藤君の家　正尊君の円乗寺
そこを右へ入って行けば六年通った京町小学校
さらに行けば小森君の家
胸がどきどきしてきた
どうしても母に聞いておくべきことがあったはずだ
水天宮の突堤はどんどん近づいてくる

――母さん。
――なあに。
母がこちらに眼差しを向けたことが分かった
見返せないままに
――母さんは、今度生まれ変わるとしたらどんな風に生
きたい。
――そりゃあまた、あなたたちを生んで育てていきたい
よ。あなたたちの母親でいたい。
わたしたちはすでに水天宮の本殿に向かう参道の参拝口
　のところに来ていた
そのまま降りていけば筑後川の突堤だ
そこでフッと母の姿が消えた

あたりはすっかり暗くなっていた
姉たちは帰り　妻は買い物に行ったのだろう
気がつくと鴨居にまだ母の袴が吊るしてあった
母は九十二歳で逝った　大往生といってよい
ことさらに悲しむことじゃない
亡くなって以来ずっとそう自分を律してきた

なぜなのか
大往生だからといって悲しいものは悲しいとなぜ言えな
　かったのか
今日母は確かにやって来た
袴とともにわたしの家にやって来た
わたしをなぐさめにやって来た
母は昔の水天宮通りをわたしと歩いた
そして生まれ変わってもわたしたちの母親でいたいと言
　ってくれた
わたしの眼から涙があふれた
とめどもなく　静かに涙が流れた
母がもうこの世にいないのだという当たり前のことが
痛いほど分かった
涙が流れるにまかせて　わたしはずっと母の袴を見上げ
　ていた

（『筑紫恋し』二〇一一年思潮社刊）

詩集〈果無〉から

二〇一一年

冬晴のニューヨーク

――十年目の9・11の日に

――同時多発テロをはさんだ十五年ぶりのニューヨークはいかがでしたか。

――毎日寒かったよ。凍えるようだった。緯度が青森と同じくらいだっていうから、当然だよね。二月にニューヨークに旅行するもんじゃないね。ホームレスも住めない。そのあとに行ったサンフランシスコにはホームレスがいたぶんましだということかな。

――なんだかなさけない話だなあ。

――でもね、今度はじめてニューヨークの地下鉄に乗って発見があったよ。Aラインっていうのはさ……。

――Aラインがどうかしましたか。

――デューク・エリントンの「A列車で行こう」の意味が分かったってことだよ。ハーレムのシュガーヒルに行くには、Aラインの電車に乗らなければならないってことが。

――それで。

――僕が十四、五歳のころ「モスコーの夜は更けて」という歌をダークダックスやザ・ピーナッツなんかがカバーしていた。その後だと思うけれど、バンジョーの効いたヴィレッジ・ストンバーズの「ワシントン広場の夜は更けて」という歌が流行った。だからワシントン広場とはアメリカの首都にある広場だと思っていたら……。

――ニューヨークに「ワシントン・スクエア」という地下鉄の駅があったというわけですね。

――知ってたの。

――だから地下鉄でどこに行きたかったんですか。

――うむ。

――グラウンド・ゼロでしょう。

――今じゃグラウンド・ゼロとは言わないそうだよ。もとのワールド・トレード・センターという言い方をしたがる、と空港まで迎えに来てくれたひとが言っていた。
駅は閉鎖されていたけれども。
——跡地を見た感想は。
——ただの工事現場だったよ。「１ＷＴＣ」に立て替わるそうだ。
——それだけですか。
——それだけ。

わたしは工事現場を見ただけではなかった
テロの犠牲者を弔う Tribute WTC Visitor Center に行った
墜落した飛行機の機体の窓枠を見た
遺品となったハイヒールを見た
デイパックを
携帯電話を
キーを　身分証明書を
それらの品々をわたしは見た
突然　生を無理やり中断させられたひとたちの無念さを見た、と思う

わたしは再び外に出て見上げた
二〇一一年　冬晴のニューヨークの空を
五月　アメリカ政府はテロの首謀者、ウサマ・ビン・ラディンを殺害したと発表した
わたしは新聞で見た　テレビで見た
襲撃の一部始終を真剣な顔で見つめる大統領、国務長官の顔を
ＷＴＣの跡地でアメリカ国旗を振って歓喜の声を上げる若者たちを
そのあとテレビで「ターゲット」というドキュメンタリー番組を見た
十年にわたり極秘に執拗にビン・ラディンを追跡した諜報機関の記録を

アメリカ同時多発テロの犠牲者三千人
アメリカ兵のイラク、アフガニスタンの戦闘での犠牲者六千人超
イラク、アフガニスタンでの民間人犠牲者、実に十二万

人以上
それら数でしか数えられることのない
ひとりひとりのかけがえのない命

わたしは再び外に出て見上げた
冬晴のニューヨークの空を
わたしはずっと見上げていた
あの日以来いつまでも地上にたどりつくことなく
ひらひらとひらひらと舞っている
ニューヨークの空に舞っている
無数のひとびとの顔
あるいは顔の断片
かなしそうな顔
くやしそうな顔
いまも恐怖におびえた顔の半分
彼らは何を訴えていたのか
訴えていたのだったか
耳を澄ませても聞こえない
聞こえない
聞こえない
聞こえなかったのだ

玉置山にて

梅雨が明けて間もない七月十一日午前十一時
定刻に南紀白浜空港着
わたしは倉田昌紀さんの出迎えを受けた
紀州へは三度目になる
一度は小山俊一の最初の「隠遁」の地
田辺　紀州富田及びその周辺の
小山が住み　歩き　思索した場所を知るために
二度目は河津聖恵さんの詩集『新鹿』の出版記念朗読会
　のなかで
小山俊一の思想を地元の人の前で語るために
今度は玉置山《たまき》の大杉を見るために
(玉置山ノ大杉ヲ？)

京都太秦の保田與重郎の家を訪ねた中上健次は
自分の故郷熊野と保田の故郷大和といずれが強力かと問うた
中上の問いをはぐらかすように保田は
玉置山の大杉を見たかと問い返した
このくだりは『保田與重郎全集』が刊行された際の案内パンフレットの中上の文章にある
保田が言ったあの大杉を見に行きましょう
紀州のなつかしい訛りで倉田さんは何度もそう誘ったのだ
(大杉ヲ見タイダケノ理由デ奥深イ熊野ノ山中ヘ?)
倉田さんの車で空港から県境を越え十津川温泉の今日泊まる吉乃家へ
一休みして玉置山山頂近くの玉置神社へ
神社へ向かう手前の駐車場へ車を留め　徒歩で参道を進む
県指定　天然記念物　杉の巨樹群
本殿裏の夫婦杉　神代杉

けれども無数のブユ(倉田さんはブトと言った)
本殿横の常立杉　磐余杉
けれどもブユ
境内を下って大杉　四十メートルほどの高さの
けれどもずっとブユの大群に悩まされたのだ
そりゃそうだ
かつては何日もかかって
険しい山道を上り下りしてやっとたどりつく霊場だった
東京からわずか半日ばかりの楽な乗物でやってきて
そう簡単に本当の姿をみせてくれるものか
境内に戻ろうとしてさっきから聞こえていた法螺貝の音
一層近くなり後ろから修験者十数人にあっというまに追い抜かれていく
(千古ノ霊場　玉置山デワタシハ誰ニ出逢イタカッタノカ?)
かんじいざいぼおさつ。
ぎょうじんはんにゃあはあらあみいたあじい。
しょうけんごおおんかいくう。

どおいっさいくうやく。
しゃありいしい。

アハハ　母サン気ガツキマシタヨ
修験者ノ一番ウシロ　小柄ナ格好ノ人ガ母サン
デモ驚イタナア
神社ニ着クナリ皆ガ本殿ノ前デ般若心経ヲ唱エハジメル
　ノダモノ
神仏習合　ソリャア理屈デハ分カッテイマシタヨ
デモ神社デ仏教ノオ経ヲ唱エルノハハジメテ見タモンダ
　カラ
ソレデ思イダシマシタ
ウチノりびんぐノ真ン中ニ小サナ仏壇ガアッテ
父サンノ位牌ニ向ッテ毎朝般若心経ヲ唱エテイタ母サン
　ガ
アル朝ヤット般若心経ガ暗唱デキルヨウニナッタヨト言
　ッタコトガアリマシタネ
目ガ見エルウチニ覚エラレテヨカッタト
アレハ網膜剝離ガソンナニ進ンデイナカッタ八十歳前ノ
　コトダッタデスネ

しきふういいくう。
くうふういいしき。
しきそくぜえくう。
くうそくぜえしき。

母サン　僕ハアナタノ娘時代ヲ誤解シテイタヨウデス
アナタハ三年間ノ高等小学校ヲ卒業シタアト家カラ二軒
　先ニアル郵便局ニ勤メマシタ
郵便局ニ入ル前ニ長崎ノ女子師範学校ヲ受験シテ失敗
勤メナガラモウ一度受ケ不合格
ソレカラ基隆《キールン》炭鉱ニイタ喜《き》叔父サンガ
台湾ノ技芸学校ヘノ進学ヲ勧メルマデノ五年間
アナタノ娘時代ハ不本意ナモノダッタ
ナンテコトハナカッタンデスネ
従兄ノ昭一サンノ話ニヨレバアナタハ郵便局ノ電話交換
　手
昭和初年代　ソレハ新シク誇ラシイ女性ノ仕事ダッタヨ

ウデス
アナタハ快活デ女子青年団ニモ入ッテイタ
恋モシタ　Eトイウ頭文字ノ人ト
母サンハ昭一サンヲ連レテEサントでーとヲシタンデスネ
佐世保ノ町デ映画ヲ観テ喫茶店ニモ入ッタ
昭一サンハ喫茶店デ初メテ食ベタしゅーくりーむノ味ガ今デモ忘レラレナイソウデス
ケレドモEサントノ結婚ハ家族ニ反対サレマシタ
コトニアナタノ母親ノオヒデサンニ
ナゼナラ彼ガ炭鉱ニ関ワル仕事ヲシテイタカラ
向土場《むこうどば》炭鉱
屋号「丸屋」ノ母サンノ実家ガ傾イタノハコノ炭鉱ノ事業ノ失敗ニヨルモノデシタ
オヒデサンハ一種山師的ナ炭鉱ニ関ワル人ニ嫁ニヤルコトヲ嫌ッタノデス
むうむうみゃくやくむうむうみょうじん。
ないしいむうろうしい。
やくむうろうしいじん。
むうくうしゅうめつどう。
むうちいやくむうとく。
いいむうしょうとくこう。

昭和十一年初春
アナタハ小学校一年生ダッタ昭一サンニ三年経ッタラ帰ッテクルヨ
ソウ言ッテ台湾ニ渡リマシタ
三年トハ技芸学校ノ修業年限ノコトダッタノデショウカ
当時台湾航路トイウノガアッタコトヲ知リマシタ
神戸カラ門司ヲ経由シテ基隆ニ至ル航路
船ガ門司ノ港ニ停泊シテイタ時　Eサンハたらっぷヲ駆ケ上ガッテ来マシタ
「澄チャーン　澄チャーン」ト呼ブ声ニアナタハ耳ヲ塞ギ　船室ニ隠レマシタ
船わあ出て行くう　煙わあ残るう
従姉ノ喜代子サンハ妙ナ節ヲ付ケテ僕ニ解説シテクレマシタ

ケレドモ母サンニハ辛イ別レダッタニ違イアリマセン
（技芸学校ハ歳ノ離レタ少女タチト一緒デ勝手ガ違イ
　ウマクイカナカッタヨウデス）
昭和十二年暮
アナタハ台湾総督府交通局書記デアッタ父サント結婚シ
　マシタ
オ見合イノトキ　痩身長軀ノ父サンハニコニコシナガラ
　言ッタソウデス
「澄子サン　僕ハオイシイとんかつトオイシイ紅茶ガア
　レバソレデ十分デス」
父サンノ一目惚レダッタヨウデスネ
新婚時代ノ母サンノ写真ヲ見テイルト満チ足リタ日々ヲ
　送ッテイルヨウニミエマス
トリワケ台北新公園ノ棕櫚ノ木ニ寄リ添ッテ
マダ五歳ダッタ従姉ノ喜久子サント写ッテイル写真
二十三歳ノ母サンハ莞爾トシテ微笑ンデイマス
おんりいいっさいてんどうむうそう。
くうぎょうねはん。

さんぜえしょうぶつ。
ええはんにゃあはあらあみいたあこう。

父サンハ戦争中ノ無理ガタタッテ胸ヲ悪クシマシタ
マダ久留米ノ大石町ノ家ニイタコロ
父サンガ風呂ニ入ッテイテ喀血シタコトガアリマシタ
身体モ拭カズ全裸デ部屋ニ入ッテクル父サンヲ見テビッ
　クリシテ笑イマシタ
ケレド次ノ瞬間　父サンノ険シイ顔ヲ見テ事情ヲ察シマ
　シタ
オソロシイ体験デシタ
水天宮ノ春ノ大祭ノ時
西鉄らいおんずノ帽子ヲカブッタ啖呵売ノオジサンガ
何ニデモ効ク万能薬ヲ売ッテイマシタ
白イ軟膏ヲ取リ出シ
軟膏ヲ身体ノ悪イ所ニ塗レバドンナ病気モタチマチ治ル
口上ガ終ッテ何人カノ人ハ買ッタト思イマス
皆ガイナクナッテシマッテカラ僕ハ聞キマシタ
「ケッカクニハ効クト」

西鉄らいおんずハ一瞬怯ンダ顔ヲシテ
「効クヨ」ト低イ声デ言イマシタ
僕ハ家ニ帰ッテ報告シマシタ
「ケッカクニモ効クトゲナヨ」
庭デ洗濯物ヲ干シテイタ母サンハ
大キク目ヲ見開キ　膝ヲ落トシ僕ヲ抱キシメマシタ
「効クヨネ　キット効クヨネ」
声ヲ詰マラセテソウ言イマシタ
アンナニキツク母サンニ抱キシメラレタコトハアリマセ
ン

ぜえだいじんしゅう。
ぜえだいみょうしゅう。
ぜえむうじょうしゅう。
ぜえむうとうどうしゅう。
のうじょういっさいくう。

父サンハ母サントノアイダニ三人ノ子供ヲ設ケ育テアゲ
マシタ

父サンノ身体ハ弱クトモ一家五人　世間並ニハ幸セデシ
タ

今生《こんじやう》は病む生《しやう》なりき鳥頭《とりかぶと》

トハ石田波郷ノ句デスガ　彼ガ父サント同ジク胸ヲ病ン
デ
生年没年ガ近イコトカラコノ句ガコトノホカ僕ニハ身ニ
シミマス
従姉ノ真理子サンニ聞イタ話デスガ
戦後父サンノ具合ガ悪カッタトキ
Eサンガ母サンノ幼馴染ノ女性ヲ通シテ援助ヲ申シデタ
コトガアッタソウデス
母サンハ謝辞ヲ述ベテ丁重ニ断ッタト聞キマシタ
ズットアト真理子サンガ西落合ノ家ヲ訪ネテキタトキ
Eサンハオ元気カト訊ネタソウデス
Eサンハ戦後イクツカノがそりんすたんどヲ経営シ
町議会議長ヲ務メアゲタソウデス

ぎゃあていぎゃあてい。
はあらあぎゃあてい。
はらそうぎゃあてい。
ぼうじいそわかあ。
はんにゃしんぎょう。

ふと気づくと般若心経はとっくに終わっていて
倉田さんはなにかしきりに修験者の人と話している
わたしを手招きして一緒に写真をとってもらおうと言っ
　ている
彼らと写真を撮りわたしたちは参道を降りてきた
鶯が鳴いていた

トウキョトキョキョク　トウキョトキョキョク
トウキョトキョキョク　トウキョトキョキョク

いつのまにかブユはいなくなっていて
清浄な空気に満ちた参道を降りてきた
鶯がわたしたちを追いかけるように鳴いていた

下手な鳴き声で鳴いていた
トウキョトキョキョク　トウキョトキョキョク
トウキョトキョキョク　トウキョトキョキョク

鶯になった母がしきりにわたしに話しかけているのを感
　じた
ずっと母を感じながら玉置山を降りてきた

おい岩間

わたしの親しくしていた若い友人が亡くなった
昨年度のわたしの創作実習ゼミをとっていた岩間君
十月十六日　多摩川河川敷で開かれたロックDJパーテ
　ィ
その帰り自転車で転倒し病院に運ばれたが
二十二日未明　意識を回復しないまま亡くなった
二十三歳になったばかりだった

ツイッターはときに残酷な通信媒体
彼は死ぬ何時間か前までツイッターに自分の声を残して
　いる
十六日の岩間君のツイート

——明日（つーか今日だけど）晴れますように……。んで少しでも気温上がりますように。

——いやー、暑くて気持ちいい。

——空が高い。素晴らしい秋晴れだなあ。

——元気だよー！　そっちは相変わらず色恋ですか？笑
——俺、ワイン3本！　つーか超気持ちいいぞ！

——場所、わかるかな？　河川敷に出たらなんとなくわかるけど、こっちからはこんな感じ（写真付）

その日岩間君は上機嫌だった
死を予感させるものなどなにもありはしなかった
彼が生死をさまよっている間　わたしはなにをしていた
　のだったか

十月十六日から二十二日までのわたしの日録
十六日　夏樹と路代さん来ていっしょに食事。パソコンの不調、直してくれる。夜十時過ぎ帰る。
十七日　聖母病院で緑内障の検査。今のところ問題はないとの診断。
十八日　新宿の世界堂に行きフランス、コルマールで買ったグリューネヴァルトの「受胎告知」の絵の複製を額装してもらうよう頼む。
十九日　朝からたまった新聞の切り抜き。夕刻、御茶ノ水ランチョンでK・M、会社の元同僚K・Eと会食。のち三人で兵六。冷凍庫に入っていた三十七度の焼酎を飲ましてもらう。
二十日　所沢校舎3限　飯舘村、南相馬市の写真を中心にパワーポイントで作成した「七カ月後のフクシマ」の話をする。江古田校舎5限。ゼミ誌の初稿、四人の合評、講評。のち学生と飲み、ひとりで馬場のともみへ。
二十一日　散髪。午後から江古田文学賞の選評を書く。四枚半。

二十二日　午後、中野まで歩く。古書店「うつつ」に寄るも買うものなし。
なんと舌打ちしたくなるのんきな日常

二十二日午後七時に帰宅したあと
忘れていったケータイをみると岩間君の訃報のメールが届いていた
メールの内容が信じられず　わたしはどうしたのだったか
ニシ君に電話　不在
オオスギさんに電話　不在
チカコさんに電話　不在
折り返しチカコさんから電話あり。彼女も訃報のメールをもらったが、事情が分からないと
電話を切るとすぐニシ君から電話あり。岩間君の友達が何日も岩間君のツイートがないことを不審に（不安に）思っているとツイートしているのをみたけれど、分からないという
リエリから電話あり。岩間君が死んじゃったと泣きじゃくる
夜遅くオオスギさんから電話あり。バイト中で連絡できなかったと。本当ですか。本当に岩間さんは死んじゃったんですか
岩間君と親しかったサイトウ君の十月二十一日から二十二日にかけてのツイート
――普段はリアルでもネットでもやかましいヤツが、急に五日間も音沙汰なくなると心配にはなってくる。
――岩間くん、生きてる？　何日もツイートないし、mixiのログインも3日以上ないし、メールしても連絡ないし。おーい、今日誕生日だろー？　生きてるのー？
そして悲鳴のようなツイート
――悪いジョークだと言ってくれよ。壮大なドッキリだと言ってくれよ。わけがわからないよ。
わたしが岩間君の恋人だったハンドルネーム「おらさ

ん」と、メールのやりとりをして知ったこと
――岩間君、亡くなる数時間前、右目から涙が流れたという話をツイッターで見ましたが、知っていたらどういう状況でそうなったか教えて下さい。

――亡くなる1時間ほど前に病室で私と聡史くんの２人きりになりました。髪や顔を撫でて、頬と額と唇にキスをした時、右目から涙が出ました。気のせいかと思い涙を拭ってもう一度キスをしたら、同じように涙が出ました。意識不明になってから私が見ることができた反応は、それが最初で最後です。

――何か話しかけましたか。耳は最後まで聴こえていると聞いたことがあるので。

――その時に初めて「今までありがとう」、「一緒にいられて楽しかった」、「大好きだよ」などの声かけをしました。その後すぐにお母様がみえたので、私と聡史くんでイヤホンを分けて音楽を聴いていました。耳は聴こえているそうですね。私の声が好きだといつも言っていたので、伝わっているとよいですが……。

今年のクリスマス会にも呼んでくれますよね
それが七月に会ったときの君の最後の言葉
こんなに早く逝くとは思わなかったから
君の死とどう折り合いをつけてよいか今もわたしには分
　からない
去年の最初の授業でみんなに書いてもらった「棺桶リス
　ト」
（つまり、生涯で何をやりたいかのリストのことだけれ
　ども……）
君は「……三十歳までに愛してくれる人を見つける。／
　三十五歳までに死ぬ」と書いた
――変だね。いとしい人を見つけたら長生きしたいんじ
ゃないのかな。
わたしがそう言うと君は笑っているだけで何も応えなか
った
もっともわたしも君の歳のころに三十歳以上の自分を想
　像することができなかったけれども

わたしたちはキリスト教徒でも　正確には仏教徒でもない
神仏が融合する国に住む日本人だから
四十九日が過ぎて君の霊魂があの世に行ってからも
お盆や正月にはこの世に帰ってくる
ウスバキトンボやツクツクホウシ、ヒメボタル
メジロ、ヒヨドリ、イワツバメ
小さきものの姿で君はこの世に帰ってくる　そう信じている
そのときには親しかったものに分かるように
君のやりかたでサインを送ってくれないか

あの世でも元気でやるように
あの世の「ラーメン二郎」を
やきとん・やきとりの「四文屋」を開拓するように
そちらから君が大切にした人たちを守るように

おい岩間
おい！　岩間

追記　岩間君。君が亡くなったあとしばらくして、うちの家のとなりの公園の境の灌木から十数羽のメジロが飛び立った。小学生のとき、となりの家のお兄ちゃんがメジロを飼っていたが、実際にメジロを見たのはそれ以来のことだったので、そのなかに君がいると確信した。オレンジを輪切りにしたものを皿に盛ってウッドデッキに置いておくと、毎日のように何羽かのメジロがやって来た。どのメジロが君であるか確かめようとしたが、君であるサインを送ってくれたメジロはいなかった。そしてある日突然、メジロは姿をみせなくなった。

註　岩間聡史は二〇一一年三月日本大学芸術学部文芸学科卒業。ビデオレンタル店でアルバイトをしながら求職中だった。「おい岩間」は岩間君没後、ツイッター上につけられたハッシュタグの名前。

双葉郡浪江町棚塩

B君　三十何年も昔　いっしょの会社にいたとき

連休になれば田植えに帰り
秋には稲刈りに帰る君のふるさとをうらやましく思って
思わず手伝わせてくれないかと言ったのだけれど
冗談だと思って相手にしてくれませんでしたね
君は自分のふるさとを誇ることのできるひとだから
僕のようにふるさとを捨てた人間を理解できないのは当然
もちろんこんな話をしたことを君は忘れてしまっているでしょう
君のふるさとが三月の大震災　原発事故で大きな被害を受け
会社の友人からのメールで君が無事でいることを知ったのは
三カ月以上経った六月三十日
ただそのメールにはもうひとつ大事なこと
去年奥さんを脳梗塞で亡くしていた！　ことが記されていました
メールには君のケータイの電話番号も書かれていたのだけれど
僕は君に連絡することができませんでした
重ねての苦難にとても僕の言葉は届かないと分かっていたから
僕が原発事故のドキュメンタリー映画を作っている友人に同道して
福島に入ったのは十月のことでした

十月九日午後　晴
車で福島県相馬郡飯舘村に入る
放射線量が高くほとんどの人は避難している
閉まったままのＡコープ飯舘店
閉まったままのＪＡそうま飯舘総合支店
閉まったままの飯舘郵便局
郵便局の前のポストには郵便物が投函できないよう張り紙がしてある
「計画避難地区」解除後、再開を予定している旨が記されている
特別養護老人ホーム「いいたてホーム」だけは開いている

通勤してくるひとと見舞い客のひとたちの車が十数台
それから人気のない福島県立相馬農業高等学校飯舘校
校舎のうえの時計だけが正確に時を刻んでいる
昨年九月「美しい村連合」に加盟したばかりだと
さっき行った福島市の仮設住宅に入居していたひとが言
っていた
小川の流れる橋のうえに車をとめて見渡すと
みはるかす里山がどこまでも広がっている
ここに人が住めないということがどうしても信じられな
い

十月十日午前　曇
南相馬のホテルを車で出発して海岸のほうへ走る
道が上りきったところで海岸まで見渡すことができた
雑草が腰まで伸びて　一面荒涼として何もない
土台のコンクリート部分だけ残し跡をとどめない建物
道端に転がっている家の姓が刻まれた真新しい墓石
かなり陸地に入ったところに積みあげられている波消し
ブロック
海岸に出ると波が荒い
波に打ち上げられた大小さまざまな流木
転がっているガスボンベ
虎の置物
スパイダーマン
帽子　靴の片方　草履の片方
そして供えられた枯れた草花
車を南に走らせる
大内新興化学工業　原町工場
福島県道二六〇号線はここで道路を塞がれている
原発から二十キロ圏内の立入禁止区域となる

B君　先日君に連絡をとったのは
十月の福島行で僕が受けた言葉にならない衝撃と関わっ
ているのでしょう
僕の電話はなんの慰めにもならないと分かっていながら
――なんだあ、福島に来たんだったら寄ってくれたらよ
かったのに。原発事故で浪江町役場は移転しなければな
らなくなってね。僕は今二本松事務所で仕事をしている

んですよ。そりゃあ大変だった。夏ごろまでは、事務所の廊下に寝ていたんですから。今すこしは、ましになったんですが。
――あ、女房のこと。うん、ありがとうございます。僕はもう大丈夫ですから。娘が三人いてね、今東京にいます。うえが大学院、真ん中が大学、末の子が高校だったんですけど、こっちじゃどうにもならないんで、東京に転校させたんです。だから時々に東京に行っているんですけど。でも、近藤さん。東京ってどうしてあんなに明るいんだろう。節電だ節電だって言っているのに、クリスマスで家ごとキンキンギラギラ灯が点滅しているんだよなあ。
――おやじですか。おやじはとっくに亡くなって、今はおふくろとふたりでいます。ええなんとかやっています。
――え　家はね。家はもう全くあともかたちもありません。

あとで君が送ってくれた震災前の家の写真
かつて樹木に囲まれた二階建ての家には安穏なくらしと
　団欒があったはずなのに

――僕の家はね、双葉郡浪江町棚塩字館野。グーグルマップで調べてみてください。海岸から三百メートルのところにあったんですよ。

大内新興化学工業　原町工場脇
原発から二十キロ圏内の立入禁止の表示板
そこから十数キロ南に君の住む家があった
さらにその南数キロに原発
理不尽だ。理不尽だなと思っているうちに熱いものがこみあげてきて
――棚塩ではね。十六人のひとが亡くなったんですよ。
……ん、近藤さん、聴こえますか。近藤さん……。

二〇一二年

五十回忌

父逝きし齢となりけり初御空

しばらく前　句会でこんな俳句を作ったら「類句多し」
　という批評を受けた
（負け惜しみで言うのではなく）
わたしはがっかりはしなかった
親の逝った齢を意識する人が思っているより多いことが
なぜだかわたしを安心させたのだ

五月の父龍郎の祥月命日は六月の母澄子の命日とも近く
今年は日曜日だったこともあって
姉たち　息子夫婦　甥姪たちが集まった
お寺さんを呼ぶことはやめて
うちでみんなで食事をして少し酒を飲み　近況を語り合い
だれからともなく　父さんが亡くなって何年目だったか
　ねという話になって
あれは昭和四十二年
一九六七年のことだったからもう四十六回忌になること
　を確かめた
生前の母はよく言っていた

――五十年たつと仏様はもう土に還りなさる。だからも
うそれはお祭りたい。それから五十回忌ができるという
ことは、その間、家が続いたということだからね、めで
たいということで五十年祭でもあるとたい。
母の話にはいくらか神式と仏式との混同があるようだけ
れど　まあ間違いではない

久留米で父が亡くなったとき
上の姉康子は二十三歳　二カ月前に結婚して川崎に住ん
でいた
下の姉信子は二十歳　短大を卒業し父の会社ビーエスの
　附属幼稚園教諭になったばかり
わたしは十七歳で高校三年生だった
父は肺結核で一年四カ月入院して　自宅に帰って二週間
　のうちに三度喀血した
三度目の喀血が命取りになった
（それにしてもそんな状態でなぜ退院したのだったか）
その朝早く　母が足をもつれさせるようにしてわたしの
　部屋に駆け込むなり

かかりつけの先生を呼んでくるように言った
ひどい喀血を横目に見ながらすぐに身支度して自転車に
　乗った
寺町通りを抜けたすぐのところに医院はあった
うちの家から寺町通りを抜け医院までは歩いても十二、
　三分
自転車だと四、五分の距離のごく短い時間のはずだった
けれども医院に連絡して自転車で戻ろうとすると姉の信
　子が向こうから駆けてくる
紺のスカートに白いブラウスを着て　裸足で
わたしを認めるとへたり込むように路上にしゃがみこみ
――先生が遅かけん、お父さんはもう死になさったって
言ってきなさい。
大声で叫んで　終わりのほうは泣きじゃくっていた
わたしはどんなふうに姉をなぐさめて家にかえったのだ
　ったか
寺町通りの新緑に細かい雨が音もなく降っていて路上を
　濡らしていた
その情景は今も鮮烈だ

父は軍医だった甚平　スヱの設けた四男二女、六人兄弟
　の長男として生まれた
祖父は大正年間　長崎市内で医院を開業した
ことに大正七年、八年にスペイン風邪が流行した折は患
　者の治療に没頭したという
「資質温厚、人格高潔ノ評アリキ」とは父が家系譜に記
　した甚平の感想だ
(だからいくらか差し引いて考えなければならないが)
祖父は「医者の不養生」を絵に描いたように大正十四年
　四十九歳でこの世を去った
――母サント弟妹タチノソバニ居テヤッテクレ。
父は甚平の遺言を守り　志望を変え地元の長崎高等商業
　学校に入学した
卒業後　昭和三年台湾総督府の役人になった
なぜ地元ではなく台湾だったのか
このごろになって昭和初期の金融恐慌によるのではない
　かと思うに至った

父が卒業した昭和三年の全国大学専門学校卒業生の就職率は五三・九%
師範八六・〇%、理工系七二・二%、医歯薬系六九・二%はまだしも
法経文系は四六・二%、ふたりに一人以上が就職できなかった
(もっとも今と同じような就職難の時代と考えてよいのか分からないが)
小津安二郎監督の映画「大学は出たけれど」が封切られたのもこのころのことだ
父は台湾に活路を見出そうとしたのではないか
父は家督相続したが「総領の甚六」ではなかった
ただし一家をあげて台湾に移ったのでもなかった
三番目の弟　五番目の妹は台湾の学校を卒業したが
残りの弟妹は九州の学校に入学した

台湾総督府で父は陸上競技部に属し長距離ランナー　のちコーチとなった
戦後も父はマラソンのレースを見るのが好きだった

とりわけ福岡市の平和台競技場から出発して雁ノ巣で折り返す
朝日国際マラソンが好きでラジオで聴き　テレビで見るのを楽しみにしていた
昭和四十年の新聞の切抜きが残っている
優勝は広島日出国　二時間十八分三十五秒八
独身のころはダンス研究所にも通った
あるときダンス仲間の男女数人とハイキングに出かけ山越えのときに雨に遭った
ずぶぬれになって歩けなくなった女性たちを男たちがおぶって越えた
仏壇の奥にしまわれていた父の備忘録に記されたその思い出を読みながら
なにか生々しく際どいなと思った
同時に母と結婚する前　父に決定的な人は現れなかったと感じた
ふと戦前公開された映画「ボレロ」に父が熱中したという話を思い出した
ラヴェルの「ボレロ」をもとにした映画だ

戦争から還ってきた男のダンサーがクラブを再開する夜
「ボレロ」を踊る
相方の代役として人妻になっていたもとのパートナーと
　踊るが
戦争で身体を壊していた男は曲が終わるとともに倒れて
　息を引きとる
いつだったか　父がなつかしそうに語るのを聞いた
それともうひとつ「舞踏会の手帖」
けれどもダンスの話は聞かずじまいだった

（昭和三十年　父四十七歳の時の日記）
――約二十年ぶりに長崎高商の〇〇君、〇〇君と逢い、懐かしかった。どちらも頭が薄くなったり、白髪がふえたりで昔日の面影を探すのが難しいが、こちらもずいぶんと老けているだろう。ふたりとも、僕以上にことに終戦後苦労したらしい。僕もやっと人並みの生活ができる様になったが、まだ身体が悪いので生活が安定したとまではいかない。

わたしが小学校にあがったころから父はずっとビーエス
　病院の事務長だった
病院の玄関を入ると左側に事務室があり　そこに七、八
　人の人が働いていて
一番奥　丸い大きな柱時計がかかっている左下が父の席
　だった
午前中で学校の授業が終わったあとなどに顔を出すと
父は昼食の時間の前でもすぐ立ち上がってわたしを別棟
　にある食堂に連れて行った
父は特製のランチをふたつ頼んだ
わたしは父とランチを食べるのが好きだったが
あとで父は滋養をつけるために食べていたことを知った
（食欲がなくても食べなければならないと思っていたの
　だ）
わたしたちの知る父は外国の映画が好きだった
映画はひとりではなく子供たちの誰かあるいは母と行っ
　た
思い出す映画は「鉄道員」「ボアニー分岐点」「朝な夕な
　に」……

父が好きだった女優はミレーヌ・ドモンジョ、キム・ノヴァク、ブリジット・バルドー……
昭和三十年代　時代が落ち着いてからの父はおしゃれだった
冬にはフラノ地のスーツを誂え
コートはレインコート、春のダスターコート、初冬のコート、オーバー
もっとあったかもしれない
（自分の身体をこまめに調整していたのじゃないか）
たいてい中折帽をかぶって外出した
夏は麻の上下　ただし上着は手にもって
開襟シャツにパナマ帽のようなもの

母が言うには　台湾時代の父は美濃部達吉の「天皇機関説」の信奉者だった
戦争がはじまったときは興奮気味に喜び
敗戦のときは母が灯火管制から解放されると喜んだのに対し　鬱屈があったという
昭和三十六年　ベルリンの壁が築かれたとき
東から西へ逃れてくる人たちのテレビ映像をみながら
――西から東に越えようとする人間もいるよ。
ぽつりとそうつぶやいたことを覚えている
実際にそういうことがあったのかは知らないが

台湾総督府に十八年五カ月勤務
うち敗戦からの一年五カ月は残務整理で中華民国に徴用され
家族とともに帰国したのが昭和二十二年一月
久留米で知り合いから頼まれて陶器会社を起こしたがうまくゆかず
縁故を頼ってビーエスに職を求めた
だが戦中戦後の無理がたたって結核を悪化させた
戦後ストレプトマイシンなどの普及で結核を完治させた人は多かったが
父は完治できなかった
すこしでも体調が回復すると仕事に出ようとした
そしてまた具合を悪くするのだった
――じっと辛抱してベッドで寝ていればよかったとに。

焦りが死期を早めたと母は悔やんだ

父の歳を越えて
わたしは父の心に寄り添おうと思うようになった
なぜだろう　どんなこだわりが自分にあったというのか
ずいぶん遠い回り道をしてきたように思う
なぜ回り道なのか
よく思い出せない人間にわたしはなってしまっているようだ

カミサマの馬鹿野郎

――宗左近七回忌に

JR信濃町駅から四谷方向へ歩いて左門町の交差点を右へ
路地は寺町になっていて一番奥右手に宗福寺
宗福寺の階段を下りたところに墓所
墓所のなかでも一番小さなお墓　古賀家之墓

つまり今　宗左近と彼の母上が眠られているお墓

その年の六月一日
五月二十五日　東京大空襲で母上が亡くなられた日と
宗さんが亡くなった六月二十日の間の日に
わたしは宗福寺に墓参に出かけた
線香とロウソク　お墓に活ける小さな花束をもって

宗さん　そちらでもお元気で飲んでおられますか
ご存命中たくさん御本を送っていただいていたのに
わたしはあなたのことがちっとも分かっていなかったようです
亡くなってはじめて　あっ！　と思うことがいくつも出てきました

ひとつは偲ぶ会での大野晋さんの追悼のスピーチ
またひとつは「左岸」に掲載された罹災後から敗戦に至る日記
さらにひとつはあなたが一九九七年から二〇〇五年まで

の足かけ九年
市川縄文塾で計四十一回にわたって行った講話の抄録
『宗左近講話集』

大野晋さんは恩師の橋本進吉が戦時中餓死した話に触れ
橋本進吉が資料を保管してもらっていた福島市郊外の佐
倉村の家に
宗さん一家が疎開したこと
宗さんだけは大学の卒論の準備で東京に残ったこと
空襲の日　母上はたまたま食べ物と交換するため
着物をとりに上京されて犠牲になられたこと
宗さんが空襲の中で母上を置き去りにしたことを生涯苦
しんだこと
何度か声をつまらせながらそんな話をされました
宗さんあなたは罹災したあと　福島の家族のもとに身を
寄せ
猛然とフランス語とドイツ語の学習を進めておられます
ね

「社会人としての自分を獲得するために」
「僕の文学を汚さなくてすむために」
けれども警戒警報　灯火管制
またお子さんの相手で勉強がしばしば中断されることを
なげいてもおられます
戦争が終結したあと
日記に「田舎の怖さを知らねばならぬ」と記されていま
す
なぜなのか
あなたが戦争について本音を話してしまったことが
とがめられたか　不審に思われたからではないか
宗さん覚えていますか
わたしが「歴程」に加えてもらって間もないころのこと
同人会のあと　二次会に行くつもりだったか
何人かの人たちと銀座のどこか暗い路地を歩いていまし
た
あなたはつぶやくように言われました
——戦争中、家庭教師をしていたとき生徒に今度の戦争は負けると言ったんだ。
どんな話のいきさつからだったのか
前を歩いていたわたしはとっさにふりむきました
――（エッ！）
あなたは瞬間ですがおびえるような目をされました
親子ほど年齢の違う若造だったわたしに言われたくはな
　いでしょうけれど
確かにおびえるような目をなさいました
わたしは決して宗さんの徴兵忌避を非難したのではあり
　ません
非難する資格がわたしにあるはずがありません

市川縄文塾であなたはくりかえし
縄文への憧憬を語っておられますね
縄文人の遺骨には刀や鏃の傷がほとんどない
遺骨といっしょに出てくる犬の骨にも損傷がない
つまり縄文人がいかに平和なくらしを享受したか
彼らが犬と親しい間柄にあっただけでなく
犬を食べるような飢餓に見舞われることがなかったこと
　の証明
海や山、川や野原から魚、獣、野草、果物をとった
そのほかは焼き物をつくることしかしなかった
あなたが憧憬された絶対平和の生活
あなたと母上を引き裂いた戦争
戦争をアウフヘーベンするための方策
その道筋が透けて見えるようです

あなたが亡くなる四十三日前
聖路加国際病院のホスピスに入るためのサインをしたあ
　と
あなたは小さい声で　しかし激しくこう言ったと奥様が
　書きとめておられます
――カミサマの馬鹿野郎。プラネットに地球なんか生み
やがって、だから俺は産まれてこなきゃならなかったん
だ。メイワクだッ。

ＪＲ信濃町駅から四谷方向へ歩いて左門町の交差点を右
へ

路地の一番奥右手の宗福寺
階段を下りたところにある一番小さなお墓　古賀家之墓
あなたと母上が眠られているお墓

また会いに行きますよ　宗さん
今度は少しお酒ももって

果無

――故眞鍋呉夫先生に

昨年夏　倉田昌紀さんと玉置山《たまき》の大杉をみたあと
参道を下りて駐車場にある茶店に入った
つめたいサイダーを飲みながら
目の前のさまざまに異なる緑の樹々に見惚れていた
樹々の下には十津川が蛇行をくりかえしながら流れてい
る
みえないけれども流れているのだ
樹々の向こう　向こうの山襞に

先ほどまではかすんで見えなかった家が小さく見える
――あそこにも人が住んでおられるんですかねえ。
倉田さんに話しかけると　彼も知らなかったらしく
奥に向かって茶店の人に声をかけた
――あれは果無《はてなし》集落。

先生　わたしが熊野に行ってから先生は一年近く生きて
おられて
何度かお見舞いにゆき　電話でお話しする機会もあった
のに
なぜ果無山が話題にならなかったのだったか
もう三十年以上経つでしょうか
ある晩　先生から電話があって
――近藤君、果無山って実在する山なんだってね。
わたしも意表をつかれ身のうちがざわっとしました

さびしさの果無山に花咲いて

やがて先生はこの果無の句を作られました

爾来わたしのなかでは奥深い山のなかの桜の樹が
だれからも見られることなくいつまでもいつまでも花を
　散らせている
そんな情景がずっと眼裏に残っていました
その果無山のすぐ近くまでわたしたちは来ていたのです
わたしが倉田さんに先生の句の話をすると
――明日、帰りの飛行機に間に合いそうですから行って
見ましょうよ。果無には実は果てがあったりして、あは
は……。
独特の紀州訛りで彼はそう言ったのです

果無山は正確には果無峠
紀伊山地のなかを東西に走る果無山脈
その東端に位置し　海抜一一一四メートル
高野山と熊野本宮を結ぶ熊野参詣道小辺路《こへち》の難所のひと
つ
小辺路は全長約七〇キロメートル
巡礼道であったが交易や物資を運ぶ生活の道でもあった

先生　わたしたちは翌朝宿を出て倉田さんの車で果無峠
　をめざしました
カーブの多い道をゆるゆると上ってゆくと果無集落
といってもわたしが人家と確認したのは二軒のお家だけ
さらに行くとほどなく道は行き止まりになり車は通れま
せん
果無峠まで三・六キロという表示板
道のわきに石段の登山口がありその先は草藪になってい
　て見えませんでした

今年六月五日　先生は亡くなり八日に落合斎場で荼毘に
　付されました
わたしは何人かの人と葬儀に立会い
帰りに近くの鰻屋で食事と少しお酒を飲んでしばらく先
　生の思い出話をしました
山手通りまで出て地下鉄東西線に乗るみんなと別れ
通りの反対側に渡ってタクシーをつかまえようとしまし
た
あの日は今年はじめての真夏日で

わたしは上着を脱ぎネクタイもはずしていました
けれども暑かったせいだけではなく
渡り終わったあとのわたしの記憶が五分か十分抜けてい
　たのです
先生　今ならばあの空白の五分か十分をはっきりと思い
　出せます
わたしたちは果無集落の先　果無峠に向う石段の登山口
　にいたのです
先生は脊柱管狭窄症の痛みから解放されて
小柄な身体をしゃっきりと立てて登山口にいらっしゃい
　ました
ベージュの麻のスーツに同じ色の帽子を被って
もう言葉は通じなくて
軽く帽子を持ち上げて挨拶されてゆっくりと果無峠に向
　かって上って行かれました
その姿が草藪に隠れるまでわたしは見送っていました
今生のお訣れを何度も練習してきたのに
先生が果無の道を行かれるのを一日延ばしにしたくて
だから果無の話をそのつど避けたのだと今思います

気がつくとわたしはタクシーの中でした
運転手が新青梅街道に入ってどのあたりか聞くので
河井病院の先を左に入ってガードレールのきれたところ
　と指示しました
四十三年前　思いがけず石神井のお宅にまぎれこんで
長きにわたって謦咳に接してこられたことを
わが人生の僥倖と思っています
わたしはこの世にとどまってあといくつかの仕事を完成
　させたい
もちろんあの世でまたお目にかかります
では先生

白雪姫

おばあちゃんの口紅
湿気ったダンボールの束
掃除婦の休憩室

土砂降りのなかのたき火
天使の恥垢
恥垢？　天使の
わたしは夢のなかで不明な文字の書かれた小さい紙切れ
　を繰っていて
防災無線放送の声に起こされた

――地域の皆さん、まもなく小学生の下校時間になります。通学路の見守りをよろしくお願いします。

初冬のウィークデイの午後二時半
男子児童の声で防犯を呼びかける放送が流れる
会社を退職したあとこの放送を知った
へんにゆっくりと落ち着きはらった声
耳ざわりだ　優等生の男子児童の声が
週二日大学で講義をする以外はうちにいる
うちにいて原稿がうまく進めばよい
読書が順調であればよい
規則正しくストレッチをして散歩をして
できればよいにこしたことはない
ほんとうはうまくいかないときのほうがずっと多いのだ
くそ！　なにが生涯現役だ
そんなときはベッドにもぐりこみ不貞寝しているしかない
優等生の声が勘にさわる　ひどく勘にさわる
わたしは逼塞せる性犯罪者か

どんな脈絡からか　まどろみのなかに白雪姫が出てきた
幼稚園のお遊戯会
彼女は白雪姫でわたしは白いタイツを履いた王子様
わたしの台詞はひとつ
剣を振り上げて
――白雪様、生き返れ。
(白雪姫は毒りんごを吐き出して蘇生するのじゃなかったか……)
その台詞だけではお遊戯会は成立しなかったはずなのに
白雪姫と中学校で再会した
けれども同じクラスになったことはなく

あの年頃では口をきくこともできなかった
中学三年生になって通っていた英語の塾に彼女が入って
　きた
頬がぽっちゃりとした幼稚園のときの面影を残して
そのときも口をきいた記憶がない
淡く好意をもっていた
二学期になると彼女は来なくなった
あとになって食堂をやっていた彼女の家は夜逃げしたの
　だと聞いた
そのことを忘れかけた高校二年のとき
人づてに白雪姫が死んだと聞いた
情報は不確かだった
レイプされたあげくの死だったとも
心中したのだとも

リビングでひとの気配がする
起きあがって行くと
白雪姫がきていた　中学生のままの彼女が
頬がぽっちゃりとした　けれどもどこか屈託のあるうつ
　むき加減の白雪姫が
――寒いね。エアコンをつけようね。
中学生の白雪姫と還暦を過ぎた私が時間と空間を超えて
　対面している
そんなことはありえない
ありえないことだけれども現実のことだった
――あったかい紅茶を入れよう。ババロアも残っていた
と思う。
白雪姫は紅茶に口をつけ　目をあげて話しはじめた
わたしの知らない言葉で
――おほんね、しるついま、しろろ……ひねのあん。
――つわんうぇにたく、れわんうぇにたく……すまあり
にふむあり、やぷきる……そんの、いしとま。
――うぇんかむい、えさいかる、そんの、いしとま……。
つらかった体験をぽつりぽつりと哀切な声で語った
ときおり目をおとし涙ぐみながら
ときに感情を昂ぶらせた
――しるくらん！
思わずわたしは彼女の言葉で話した

――ちえしきらいね。

あたりはすっかり暗くなっていて
防災無線放送からドボルザークの「家路」が聞こえてき
た
白雪姫は聞こえる方向をふりかえり
いっそう悲しい目つきになった
――さらんば　さらんば。
そうしてわたしたちはわかれた
嘘ではない

（『果無』二〇一三年思潮社刊）

散文

わが水縄

いま私の住んでいる東京では、目の高さに山がない。隅田川や多摩川、神田川はあるけれども、ふだんの生活のなかで川を意識することがない。そのことを当たり前のこととして暮らしているが、私の故郷福岡県久留米市では、耳納《みのう》の山々の連なりが見え、筑後川が市内をぐるりと巡りながら流れている。それが故郷を思うとき、私の心にうるおいを与えているのだろう。

私は『水縄譚《みなわたん》』(一九九二年)、『水縄譚其弐』(二〇〇〇年)という故郷を主題とした二冊の散文体の詩集を出した。このなかで、私は西海道美潴《みづま》県水縄市の出身と書き、わが故郷には一夜《ひとよ》川が滔々と流れ、高牟礼《たかむれ》山が左右に長く稜線を伸ばすと記した。美潴県とは、明治初期の廃藩置県の際、一時筑後地方を三潴県と呼んだことに因み、水縄市とは耳納《みのう》連山を水縄山脈ともいうことに拠っている。また一夜川、高牟礼山はそれぞれ筑後川、高良《こうら》山の古名である。奇をてらってこんな表記をしているのではない。私は東京の大学に進学した折り、うっとうしかった故郷の心と言葉を捨てた。いわば棄郷者の私が、昔と同じに故郷の山河を思うことはできないのだ。

また久留米の町も私が子供の頃と比べて大きく変貌を遂げた。かつてにぎやかだった市の中心街に活気がなく、市街の周辺にショッピングセンターや量販店が進出するといった、全国どこにでも見られる地方都市の現状からまぬがれてはいない。私が描いてみたかったのは昭和三十年代までの久留米で、そのような町はもうこの世に存在しない。故郷を描こうと思えば、それは虚構の町となるしかないのだ。

さて私は、市内大石町で生まれ、十一歳のとき、東櫛原町にあった父の会社の借上げ社宅に移った。かつて東櫛原町から櫛原町、螢川町にかけては蓮田が拡がっていた。蓮田のなかを櫛原町と螢川町に抜ける小道があって、私の母はその小道をカンチンタンと呼んでいた。カンチンタンとは不思議な語感だが、どんな字を書くのだろうか。私が故郷について書きたいと思いはじめたころから、そのことがずっと気にかかっていた。そのころは新しい『久留米市史』が刊行されていた時期で、私は帰郷した折り、いくつか知りたいことがあって市史編纂室を訪ねた。カンチンタンについても質問してみると、それは「神鎮潭」と書くのだと教えてもらった。またカンチンタンとは、私たちがそう呼んでいた蓮田の小道ではなく、現在松ヶ枝町のおこん（苧扱）川公園になっている、かつての低湿地をそう呼んだのだという。母は土地の人間ではなかったから、なにかの間違いで蓮田の小道をそう呼んだのだが、面白い間違いをしてくれたものだと思う。それにしても神ヲ鎮メル潭《フチ》とは、なんとイメージを喚起する名だろう。

筑後川の古名、一夜川は一夜にして川の形を変えるほどの暴れ川だったことからその名前がついた。筑後川は、かつては石狩川と並ぶ典型的な蛇行河川だった。いくつもの三日月形の河跡湖が存在しただろう。私は神鎮潭をそうした河跡湖に見立てた。池の周りにうっそうと樹々の生い茂る、静かに水を湛えた河跡湖に。

＊

『水縄譚』のなかには、実際に起こった情死事件を素材とした作品がある。ひとつは「久留米モルヒネ心中」と呼ばれる事件だ。この事件は二十番まである数え唄になって伝えられていて、次のように歌い出されている。

〽人々日露の戦争で
　心配なされるそのなかに
　　恋ゆえ死ぬる人もある

この数え唄によれば、日露戦争が勃発した明治三十七年（一九〇四年）春、桜町遊郭の高砂楼の二階でモルヒネをあおった心中事件が起きた。男は安藤某といい医師をめざす書生、女は小桜という名で「色が白うて丸顔で髪の毛濃ゆうて器量良し」とよばれるほどの評判の娼妓であった。歳は同じ二十一歳。ふたりは恋仲となり、安藤は無理な金をつぎ込んで、たちまち尽きてしまう。すると今度は、小桜が着物を質にいれて金を工面する。夫婦の約束を交わしたが、安藤は医師の資格試験に落ち、落胆のあまり自殺しようとすると、小桜が「この世であなたと添われねば死んであの世で添いまする」と言って心中を遂げる。心中事件をからかう調子でつくられた数え唄であるにもかかわらず、娼妓と客の一線を超えてふたりが恋愛関係にあったことは明らかだ。まだ若いふたりの絶望の果ての死を、ひやかしの視線にさらしておくのは、なんとも口惜しい。

私は作品のなかで、彼らがその昔、ある寺に別々に預けられたみなしごで、姉弟のように暮らした一時期があったという話につくりかえた。そしてふたりが一夜川の河跡湖、神鎮潭でモルヒネをあおったのち入水心中したことにした。彼らの苦しむ時間を少しでも短くしたいと思ったからだ。またふたりがはぐれないように、お互いの手首を紐でしっかり結ばせておいた。

もうひとつは、「久留米荘島情死事件」と呼ばれ、私は木村寿夫の『兵隊の青春』という本で知った。大戦末期の昭和二十年（一九四五年）冬、荘島町の芸者置屋で陸軍衛生軍曹と従軍看護婦の心中事件が起こった。事件の顚末書によれば、男が女に懸想し、再三にわたって関係を迫ったが果たせず、女が野戦病院に配属される前夜、芸者置屋に彼女を呼びだし、情交を迫った。しかし女が拒絶したため、男は軍刀で女の胸を刺し、自分も喉をついて果てた、ということになっている。

だが『兵隊の青春』によれば、この事件は無理心中ではなく、ふたりには恋愛の感情があったと記されている。「軍人にあるまじき行為」として、この事件は闇に葬り去られた。私もまたこの事件を調べたが、全く手がかりが得られなかった。思いあまって私は、木村氏に原資料があったら閲覧させてほしい旨を書き送ったが、折り返しご子息からいただいた便りには、木村氏が既に亡くなったこと、父上自身もまた、事件の手がかりを得ようと方々探し歩かれたが、はかばかしくいかなかったことが記されていた。私は、この事件を夢のなかの話に仕立てて書いた。私は映画館で古い記録フィルムを観ている。フィルムの中に軍当局が撮った何枚かの現場写真が挿入されている。女の両手は男の身体にきつく巻きついている。その写真が何より真実を語っていると。

＊

東京に出たばかりの頃、久留米市の出身で『プレヴェール詩集』などの訳者として知られる平田文也さんから、詩を勉強したかったらフランス語を学びなさいと勧められた。私はお茶の水にあるアテネフランセに通うことにした。だが授業に出てみると、受講者のほとんどが女性なのだ。まるで女子大の授業に出ているようで、尻込みして、フランス語を学ぶことに挫折してしまった。

それ以来、私はフランスにさしたる関心を抱かなかったが、ある時、たまたま仕事の旅の終わりにパリに立ち寄った。パリの街は古い石造りのくすんだ色の建物が延々と続いているばかりだった。ところが日本に帰ってみると、その古い建物が続く街並がなんともいえず懐かしいものに感じられるのだ。私は必ずしも親仏派になったわけではないが、その時から何かと理由をつけては、都合五回、フランスに行った。

ある時、私は野村喜和夫さんとパリの街を歩いていた。彼はとある街角で立ちどまり、建物の上の鳩小屋のような所を指さし、「ランボーが住んでいた屋根裏部屋だよ」と言った。ランボーがパリにいた時代は、百四十年以上も前のことだが、今でも残っているのだ。画家バルテュスの代表作のひとつ「コメルス・サンタンドレ小路」は一九五〇年代前期に描かれた。時の流れが止まったかのような小路に、何人かの人物がこちらを見たり、横向き、後ろ向きに配されており、いつまでも印象に残る絵だ。パリ六区にある、表通りからひとつ入った二十メートルほどの長さのこの小路に立ってみると、まるで自分がそっくり絵のなかに入ってしまったかのような錯覚におそわれる。建物も小路も六十年前と寸分違わないのだ。とはいえ古い建物に入っている店が、昔と同じものを売っているとは限らない。本が売れないのはフランスでも同じことらしく、サンジェルマン・デ・プレの近くにあった何軒かの書店は、行くたびごとにＤＣブランドの店に変わっていたりする。

この華の都パリも、大戦末期、ナチス・ドイツによってあやうく焦土と化すところだった。主要な建物や橋などには地雷が敷設されたが、ヒトラーのいわゆる「ネロ指令」は、ひとりの将軍の判断で決行されなかった。ひるがえってわが国を考えれば、戦争すら破壊しなかった全国のそれぞれの町や村が固有にもっていた表情というものを、戦後の高度経済成長が、バブル景気という魔物が破壊し尽くしてしまったといえるのではないか。

わが故郷久留米もまた例外ではない。昭和三十年代の町並と今日のそれを比較すると、これが同じ町なのかと見まがうほどだ。わずかに私たちが親しんだ中央町の旧金文堂ビルだけは、書店という役割は終えたが、かつての姿を留めている。格差社会と呼ばれるようになった今日でも、この六十年ほどの間のことを考えれば、私たちは比べものにならないほどに豊かになった。だがその代償として、かけがえのない大切なものを失ったのではないか。『水縄譚』に、思想というものを読みとってもらえるとしたら、この失った大切ななにものかと関わっている。私は故郷を、私のなかのいくつもの屈折する思いを込めて、西海道美潴県水縄市と表記した。そこでは六十年前の昔に同じく、人々は貧しくとも心が豊かで、春には楠の若葉がわずかな風に鳴り、秋には櫨の紅葉が光に照り映えている。

(「西日本新聞」二〇〇〇年七月十三日〜十五日まで三回連載、二〇一六年四月改稿)

「自己欺瞞」の構造
――一九七二年　小山俊一ノート

I

　私の父の世代、戦争中の知的青年たちはあの戦争とどのように向きあったのか。それは私の二十歳代後半から三十歳代にかけてのテーマであった。私はそれを戦争中、事故死とも自殺ともつかない死を遂げた博多の詩人、矢山哲治によってケーススタディーした。私は『矢山哲治全集（全一巻）』（未來社、監修＝阿川弘之、島尾敏雄、那珂太郎、眞鍋呉夫）の編集にかかわり、その評伝を私たちの同人詩誌「SCOPE」に連載し、『矢山哲治』（小沢書店）という本にまとめた。

　矢山哲治を中心に、全集の監修者をはじめ、おもに旧制福岡高等学校、長崎高等商業学校の出身の数十人の青年たちが拠った同人雑誌「こをろ」（昭和十四年（一九三九年）十月創刊、十九年四月終刊、第三号までは「こおろ」）に発表された矢山の詩や小説、エッセイだけでなく、提供された書簡、日記、メモ類まで読み、さらに「こをろ」に拠った人たちの証言を重ね合わせていくうちに、私は矢山の死が象徴している昭和十年代の青年たちが直面した戦前・戦中の時代との葛藤に目を向けざるを得なかった。

　矢山哲治を調べていく過程で私は小山《おやま》俊一(1)を知った。彼は、私には戦前・戦中は天皇制下の軍国主義に飲み込まれ、戦後はコミュニズムに翻弄されながらも、ある時期から固有の思索を深めていった人というふうに映る。若い頃に読んだ小山は、他者を厳しく拒みながら、一方でコミュニケーションを求めてやまない人に思えた。晩年に至るほど短いその断言命題は私を惹きつけてやまない、強烈な印象を与えるものだった。

　昨年（二〇〇三年）の暮れに紀州富田に住む倉田昌紀から、小山俊一の晩年の五年間の日記と、さまざまな本の抜書きノートのコピーを借用させてもらった(2)。それらはいずれもB5判の大学ノートに書かれ、日記は二冊、三百ページ近くに及ぶもの、また抜書きノートは六冊、六百ページ近くに及ぶものだった。それらを読み進めるうちに、私は彼が以前より身近に感じられ、その著作を最初から読み直してみた。また倉田氏の誘いで今年（二〇〇四年）一月下旬、最初と二番目の隠遁先、紀州田辺、富田を訪ねた。これらのきっかけから、私のなかの小山像をいくらかでも鮮明にしたいという思いが強くなってきた。

小山俊一は、ガリ版刷りの最初の個人通信「EX－POST通信」（一九六八年－一九七一年、十七号、号外二号）を出したあと、昭和四十七年（一九七二年）、東京を離れ紀州に「隠遁」した。隠遁に際して、「光太郎・丑吉のサルマネをする気だ」と記し、「山頭火・放哉の方角か」という問いかけに対し、彼らとは共に天を戴かないと言い、あとでそれを打ち消し「あれらとは敵対はおろか、そもそも関係というものがない」（「オシャカ通信」No.1）と書いている。

確かに種田山頭火や尾崎放哉のように、酒に身を持ち崩した生涯と小山とを比較すること自体馬鹿らしい。高村光太郎はどうか。光太郎の場合には、妻智恵子に先立たれ、戦争協力詩を書いてその責任を問われたあげくの、いわば強いられた隠遁であった。サルマネと言うにしては、彼の隠遁は、もっと意識的、積極的なものではなかったか。

では中江兆民の子、丑吉の場合はどうか。丑吉は青年期以降、ほとんどの期間を北京で暮らした。その生活は高等遊民とでもいうべきもので、父の友人、西園寺公望の援助を受け、中国古代の政治思想史の研究に打ち込んだ。日中戦争が進むなかで、マルクスの『資本論』やヘーゲルの『精神現象学』を読み耽り、その本のページの余白に、日本の敗戦を予見する日記をつけていた。丑吉は勤め人に擬して朝早く起き、愛犬と散歩、そして仕事（読書）、夜は早く床に就くという毎日を守った。研究の成果は私家版で少部数刊行した。

小山俊一の晩年の五年間の日記は一日数行のものだが、不断の精神の鍛錬によるものだろう、ほとんど書き損じがない。記述は簡潔で、その日の行動、思索のあとが明瞭に見てとれる印象の強い日記だ。日記によれば、彼もまた散歩（ときに「大散歩」）と読書を日課としていた。月の終わりには、その月に読んだ数冊から十数冊の読み応えのある本がリストアップされている。また少部数の「通信」の発行や『私家版・アイゲン通信』の刊行なども、丑吉と共通するところがあるように思える。

ただ、小山は丑吉と違い、生活は楽ではなかった。彼は生活に必要なお金を得るため、塾を開いてその収入で暮らしていた。丑吉には、生来の厭人癖があったように思えるが、小山にそれはない。彼は隠遁の理由として「東京暮しとくされ縁がいやになった」（「オシャカ通信」No.1）と言ってはいるが、日記を読むと、年に一、二度来訪する「ベントー屋のY」（「こをろ」同人の吉岡達一）をはじめ、二、三の人たちと交友関係は保っていて、それはかろうじて世間の窓口になっている。積極的だったとはいえないにしても、近隣の住人とのつきあいを避けていたのではない。

小山が丑吉を評価するほどには、私は丑吉を評価しない。『中江丑吉書簡集』の年譜には、彼が北京で「城壁にへばりついて、聖戦を白眼視するスネモノ」と目されていたと記されているが、そうしたことができる条件が丑吉にあったというだけのことだ。戦争に対しての批判を周辺の者に口にしたとしても、彼は時代の傍観者の位置から踏み出したわけではない。

隠遁して三年半ののちに、小山俊一は、「〈隠遁〉を決心したとき、タチに従うのだと自分に言った。まずタチがあって、それが〈隠遁〉を指さしている、と思ったのだ。本当は逆だった。自分のタチに出会うために〈隠遁〉というやり方がおれには必要だったのだ」（「プソイド通信」No.7）と述べている。彼は五十三歳で隠遁したとき、本気で自分の持ち時間をあと二、三年だと思っていたという。実際、彼は病弱であったが、自分という人間が何者であるのか、正体不明で死ぬのはまっぴらだという強い思いと、散歩と読書というルーティンが、小山をして隠遁後二十年近い歳月を生かしめたのだろうか。

しかし前もって言っておけば、私は彼の反国家的・反社会的な言説に必ずしも賛成ではない。たとえば、「EX-POST通信」No.4の次の一節などがそうだ。

> （……私たち生き残った戦争世代の者の処世上の最低綱領は〈国家のために指一本うごかさぬこと〉の外になく、思想上の最低綱領は〈「民族」「国民」を志向するいかなる動向にも加担しない〉ことの外にない。）

矢山哲治を死に至らしめ、小山自身を死の淵にまで追いつめた「天皇制国家」に怨嗟の感情を持つことを私は「理解」する。だが、「民族」や「国民」を志向することをアプリオリに禁じ手とする思想とは何なのか。今日の私は、このような恫喝めいた物言いに感応することができない。また彼は「Daノート」No.1で、二人を刺殺して死刑判決を受け、自ら控訴を取り下げた佐々木和三被告について、次のように記している。

> 震撼された。（この男は出獄直後に泊まった宿屋の女二人を殺して捕えられていた。）この極悪の殺人囚の「正常な判断」能力はわからないが、その「自立・自決」能力の強さは明らかだ。それは驚くべきものだ。彼は自分の存在を手につかんで、世界全体をしりぞけている。それは全的で徹底的だ。深く驚嘆した。青森刑務所の絞首台の綱が彼以上に固い首の骨をつるすことはないだろう。

小山は、連続射殺魔永山則夫について繰り返し言及している。両親から見捨てられ、極寒の網走で一冬を過ごさなければならなかった境遇にあった永山にとって、満足な教育など与えられるはずもなかった。その永山が「おれはなぜあれをやったのか」と自問して、獄中で猛烈な勉強を始める。知ることは喜びであり、また限りない苦しみである。この「自己教育」を彼は「感動的だ」と書いている。その小山が、たんに生きること（考えること）を放棄しようとしているだけの死刑囚になぜ「驚嘆」し「震撼」されるのか。小山の思想の真髄は、このようなところにはないはずだ。

2

小山俊一の思想の中核をなすものは「自己欺瞞論」だ

と思う。このことについて、彼は「プソイド通信」No.11で次のように書いている。

「自己欺瞞」の方はわかりかけてきた。「自己欺瞞論」をかくのが念願だ。地上にはながいあいだホントもウソも存在しなかったが、ヒトが出現してそれが口をきく（言葉を使う）ようになってからウソがあらわれ、ヒトは人間らしくなった。さらにながいことたって、ウソが他人向けだけではなく自分の内側にも入りこむようになってから「自己欺瞞」があらわれ、人間はいよいよ人間的になった。

この自分の内側に入りこんだウソ＝自己欺瞞について、小山は「アイゲン通信」No.8で、「自己欺瞞とは〈事実〉とちがう（反する）〈つもり〉のことだ。当人も腹の底では、〈事実〉を知っていること、しかも頭では〈つもり〉が本気であることがかんじんな点だ」と述べている。彼は「行動人（言葉なく行動だけの極限。自己欺瞞ゼロ－たたかう兵士や遊ぶ子供のなかに出現する瞬間がありうる）」と「意識人（行動なく言葉だけの極限。自己欺瞞ゼロ－冥想や夢のなかで近似的に出現する瞬間があると考えることができる）」の二つの極限の間に「生活人」を置く。「生活人」とはいやおうなく「さまざまな〈事実〉と〈つもり〉とで合成された本質的には自己欺瞞的な存在」なのだ。さらに小山は「虚偽意識」について「自己についての虚偽意識とは（自己欺瞞が一けたすすんで）〈つもり〉で頭をやられて〈事実〉の知覚を失った状態」（「アイゲン通信」号外No.2）をいうと述べている。

小山が具体的にこのウソ－自己欺瞞－虚偽意識をどう使っているか。「古い友人」、島尾敏雄の死に際して記した文章（「Daノート」No.3）を引いてみる。

島尾の死を新聞でみたとき、「脳コーソクとは楽だったな」「やっとウソから解放されてやれやれだな」と思った。島尾に対する私の関心はただ一つ、彼の〈信〉についてだ。／彼のキリスト教は「〈信〉の三段階——①ウソ、②自己ギマン、③虚偽意識」のどのへんと思うか、と私がいうと、Yは言下にオール①さ、きまっとるよ、と断言した。私は、①、80％ ②、15％ ③、5％ぐらいだ、といったが、Yは一蹴した。／オール①、反対じゃない。いま日本にはヤソ文士がたくさんいる。しかもほとんどがカトリックだ。恥を知らぬウソ人間どもだ。オール①でたくさんだ。ただ島尾がちょっとちがうのは、ウソは承知、女房のためだ、ということがはっきりしていた点だ。しかし、最近は②と③が少しまじってきたらしい、というのが私の推測だ。／（中略）――島尾の〈信〉はさいごには、5％ぐらいのほんものの（虚偽意識）分を含有していた、ように私には見える。）

小山の島尾に対する「評価」については措く。「自己欺瞞」についての小山の認識は、「生活者」としての私には、興味深く重要な問題だ。私事を語りたい。私は社会保障に関わる半官半民の会社に勤めている。昨年（二〇〇三年）、勤続三十年表彰を受けた。小山の規定によれば、私など自己欺瞞の見本のような存在だろう。入社試験を受けた動機は、この会社は転勤というものがなさそうだ、当時の流行語としてあった「モーレツ社員」となって働かなければならないほどの職場ではなさそうだし、自分のやりたい文学と両立できるのではないかと思ったからだった。入社当初、私は社会保障というものにまったくといっていいほど魅力を感じなかった、というより違和感すら持っていた。ところが時が経つにつれ、公的な年金保険、医療保険、介護保険などという仕組みは、社会が安定し、成熟するために必要な制度ではないかと思うようになってきた。今日、私が入社当初持っていた社会保障という概念に対する違和はずっと薄れている。だが一方で、どこかに果たして社会保障はほんとうに人間を豊かにするのだろうかという疑問は残っている。

今日の老人の顔は一般に卑しい、と思う。たとえば「さんまのスーパーからくりテレビ」に「ご長寿早押しクイズ」というコーナーがある。誰もが知っていそうな問題に老人たちがトンチンカンな回答をして笑いをとる。私は一緒になってへらへら笑いをしている老人たちの顔が嫌いだ。あの番組企画自体がヤラセというなら、なおさらのことだ。今日、老人たちの顔に例外があるとすれば、テレビを通じて知る北朝鮮拉致被害者の親たちの顔だ。けれどもあのような不幸を背負わなければ、老人たちは威厳を持った顔を保てなくなっているのだろうか。社会保障とは、結果として老人たちの意識だけでなく、私たちの意識をも弛緩させているのではないか。一日一日を充実して生きようとする意欲を疎外して、ゾンビの群れを生み出しているのではないか。

小山の「自己欺瞞論」からもうひとつ、私事を語りたい。会社勤めをしていればだれしも経験のあることだが、仲間からよく上司や同僚の愚痴や自分の処遇についての不満を聞かされてきた。もちろん私にも分からないはずはないし、愚痴のひとつ私も言わないわけではないのだ。ただ人よりは相対的にいえば無関心だったのだと思う。だがある時、私が無関心でいられるのは、私のなかに「文学」という〈信〉の世界があるからではないかということに思いあたった。〈信〉の世界に入り込めば、どんな生業の辛苦も不遇も耐えられるというものだ。私という人間は、〈事実〉としては凡庸な宮仕え、〈つもり〉では、「詩人・文芸評論家」だからではないのか。

私は小山によって示唆された私という存在の居場所について、不愉快に感じるどころか、とても風通しのよいところに立たされたと思っている。彼のように「自己欺瞞なき死」を願うことはとてもできそうにないが、自己欺瞞を自覚して生きることならばできそうな気がする。そのような意味で小山の思想は、私という人間にとって、きわめて実践的に役に立つのだ。

3

「通信」にしばしばみられる、小山俊一の人間観察は鋭い。ここでは彼の「自己欺瞞」に関わる人間観察について触れてみたい。「アイゲン通信」号外No.2に「暦売りの男」の話がでてくる。

九年前紀州田辺にいたとき、市内の神社の前で暦を売ってる男がいた。私の家から近いのでよくその姿を見た。日焼けした顔にサングラスをかけて貧相な五十男で、鳥居の下の敷石の上に高島暦や運勢の本みたいなものを並べて、その横に小さな腰掛けをおいて、それに後向きにかけていた。私は通るたびに道の向かい側からしばらく眺めた。彼はいつも古背広の背を向けて新聞をみているか、頭をあげて遠くを眺めるかしていた。客がいるのを見たことがない。とても商売になるとは思えなかった。ひるめしを食うところを何度か見たが、いつも小さな缶詰を一つあけて、弁当箱のめしをさっさと平らげると、境内の水道の水をのんだ。私は必ず「テスト氏」の「まるで下剤でもかけるような調子でさも清々した顔で食っている」を思い出した。あるとき暦のわきに何かちがった品物が見えるので近づいてみると（古い切手セットみたいなものだった）、彼が低い声で話しかけた。ひどい土地言葉で、お前はよくおれを見ているなといった。自分もこの商売をやりたいのだといいうと（本気で考えていたのだ）私の顔をみて、食える商売じゃない、日がたつだけだ、という意味のことをいった。静かな口調と「日がたつだけ」というのが頭に残った。どうしてこんなことをしているのかときききたかったが、きけなかった。

小山は、このあとで紀州富田にいたとき知り合った「片足の男」について書いている。彼は少年の時分、ヒラクチにかまれて右足を切断し、長年、ひとり暮らしだ。松葉杖で飛ぶような身軽さで歩き、片足で畑を作っている。集落の寄合で隣り合わせ、彼がなぜお前はおれの家のそばに来るのかと聞くので、オタマジャクシを見に来ると話すと、彼は大きな澄んだ目で笑った。大変だなと話しかけると「なんとか日がたつものだ」という意味のことを言ったという。小山はふたりの言葉を思い合わせて、「彼らはどちらも、ハイデガーのいう「〈死への先駆〉による自己放棄によって自己欺瞞をしりぞけたところにあらわれる本来性」のたしかな実例だ、そしてふたりがいった「日がたつ」という言葉は（いくらか意味はちがっていながら）どちらも、自己欺瞞をふりきった者（暦売りの方は多分近年のある「断念」によって、片足の方は少年時からの強いられた「覚悟」によって）の日常の生存感覚のいかにもザハリヒな表現なのだ」と述べている。

小山は彼らを「見る」が、実は彼らからも「見られて」いる。小柄で痩せていて眼光鋭い男がじっと自分を見ている。誰しも警戒するか、少なくとも怪訝に思うはずだ。「お前はよくおれを見ているな」、「なぜお前はおれの家のそばに来るのか」。するとすかさず、小山は応える。「自分もこの商売をやりたい」、「オタマジャクシを見に来る」。彼は日頃からそうした鍛錬ができていて、こうした返答で相手の警戒心を解き、「日がたつ」という言葉を引き出す。おそらく小山は気づいていないが、いささか揶揄して言えば、このような警戒心の解きかたの手口は、共産党党員時代のオルグに似ているだろう。では、なぜ私はこの人間観察に魅かれるのか。小山のまなざしが、温かくも冷たくもない客観性を持っていて、彼らの生活の断面を描写することで、その生涯を暗示する域にまで達しているからだ。むろん、このような人物が紀州にだけいるのではない。小山のような目線の下げ方、観察に徹すれば、自己欺瞞を排し、本来性を獲得している人物を見つけることは、そう難しいことではないはずなのだ。

4

二月の紀州行は、小山俊一の目線に合わせて、彼が観察したものをこの目で確かめてみたいという思いからだった。たとえば、次の墓碑銘をもつ墓は、田辺の町はずれの高山寺にある。

慈海浄清居士　大東亜戦争ニ於テ昭和十九年四月十九日南方アンボイナ島ニテ戦傷　海軍一曹日本傷痍軍人佐湖與助之墓　嗚呼佐湖與助ハ哀レ一人者トナリ悲運空シク三段壁ニ散ル　昭和四十五年四月七日享年四十七歳　昭和四十七年四月建立　佐湖氏

戦争で負傷し、どういう理由か不明だが独り身となり、それがもとで敗戦から二十五年経って亡くなった人のものだ。三段壁とは、田辺市の南にある海に面した断崖で景勝地として知られているが、自殺する場所としても有名なのだと倉田昌紀に聞いた。小山はたまたまこの高山寺に来て、戦死あるいは戦争がもとで死んだ人の墓碑銘をいくつも写しとり「万力でしめ上げられるような気持になる」（「オシャカ通信」№３）と述べている。このような墓碑銘をもつ墓は、探せば全国いたるところの墓所にあるだろう。けれども、小山のような目線で墓碑銘を写しとった人が果たして何人いただろうか。

小山は、日本にはもう「自立的ないなか」が存立する余地がないと言っている。この感じは二番目の隠遁先、富田に行ってみるとよく分かる。富田は山が迫り、川が流れ、すぐに海岸に出る、おだやかな農村だ。昔、ここは漁業が盛んだったが、ある時から黒潮の流れが変り、魚がさっぱりとれなくなった。それは富田固有の事情だが、本当はもっと大きな力がわが国を過密と過疎の両極に押しやっている。過密地域から中間がなくていきなり過疎が始まり、その土地特有の風俗、文化を育むことを阻んでいる。

ところで、小山の倉田氏宛の葉書（一九八〇年二月十七日）に「橋のたもとの「憲法医者」、「片足の男」（中略）など、いつかかきたいと思っています」（『私家版・敬愛する人からの手紙Ⅰ　小山俊一書簡』所収）という一節がある。彼は「片足の男」については書いたが、「憲法医者」については、結局、書かなかった。この「憲法医者」は既に亡くなっている。医院も取り壊されているが、ただ医院があったところのブロック塀は残っていて、その塀に日本国憲法の前文が数十メートルにわたってペンキで大書されている。雨風にさらされて、一部は文字が消えたり消えかかったりしているが、その光景はちょっと圧倒される。元左翼であったこの医者が、憲法の理念を尊重し、恒久平和を念願したことは確かだ。その事情がどうであったにせよ、ブロック塀に大書された憲法前文は、護憲とか改憲とかいう議論をしばらく黙らせる迫力をもっている。倉田氏がのちに四国に小山を訪ねたとき、彼はこの医者について「休みの日にゴルフ練習をしている姿が、どこか淋しげで孤独な感じが伝わってきた」と語ったという。

小山が住んだ家は廃屋となっているが現存している。小平野を紀勢線が横切っているが、彼の家はその線路際にある。家は平屋で、ひとつの家の真ん中を区切って二所帯が住めるようになっている。なかを見せてもらったが、玄関を入ると右に台所、六畳と四畳半の二間続きの部屋、その奥にトイレと風呂がある。倉田氏の話によれば、玄関を上がった六畳間で小山は英語の塾を開いていた。彼の授業は暗記させるのではなく、理解させる独特のものだったという。英語を教わっていた子供たちの評判はよかった。その評判を聞いて、地元の中学校から小山に講師として来て欲しいという依頼があったという。

小山は「教師稼業早くやめろ。人間だめになる。例外はない」と書き、周囲の教師たちにもそう話していた。教師という職業の属性が、自己欺瞞とからみあって骨がらみのものとなる。十三年間の中学教師体験から、そうなると信じていた。講師依頼は丁重に断ったと倉田氏に聞いたが、世を捨てたはずの小山にそんな話がくるとは、彼自身、内心は驚いただろうと推察する。

小山が紀州富田に住んだのは、昭和四十八年（一九七三年）春から翌四十九年秋までの一年数カ月。その後彼は四国にわたる。「アイゲン通信」№3に「転々の記録」が載っている。それによると、戦後三十五年間に二十五回引っ越したという。小山は愛媛県宇和島市で三回、同県松山市で少なくとも三回引っ越している。これは単に、彼が引っ越し魔だったということとはちがう、何かなのだ。それは「隠遁」とも関わる問題のはずだ。ただ彼は一人ではなく夫人がいた。倉田氏に聞いた富田での評判は、物静かで上品な女性で、塾に来る生徒たちに珍しいお菓子を作って出してくれたという。この女性は「こをろ」同人の小見山敦子（本名篤子）である。彼女は宇和島に移ってほどなくうつ病にかかった。人が訪ねてくると押入れに隠れるようになったという。小山夫妻を知るある女性は、「小山さんのせいよ」とあっさりと私に語った。

小山俊一の最後の通信は「Da通信」で一九八二年十月から八四年九月までの間に六回発行された。それは「Daノート」となり八六年に三回発行された。最後に「Daメモ」が九〇年九月と九一年七月に発行された。つまり、彼の体力にあわせるように縮小された通信となっていった。けれども内容はますます光を帯びてくるようであった。最後の「Daメモ」は、一枚の紙にワープロで打たれたもので、小山が亡くなったあと人を介してもらった。

竹内好が晩年「日本は亡国だ、しかしまだ見込みはある」といった。死ぬ前のサルトルが「世界はクソだめになった、しかし私は希望をもって死ぬ」といった。この「見込み」とか「希望」とかが認識をくもらせるのだ。／廿代の私（たち）が信じた「社会主義」は政治や経済のことではなく、人間のことだった。（オーウェルがスペイン内戦のとき「私ははじめて社会主義を信じた」といったのもまさにそれだった。）それは性善オプティミズムに立つ〈予定調和〉の人間だ。――ソ連・東欧の「社会主義」の崩壊が、私のなかにしつように生きていたこの人間観にとどめを刺してくれた。／生きることは反ペシミズムだ。だから私たちは、すべてがダメになりうる、たしかなものはなにもない、〈予定調和〉は幻だ、という平明な真理になかなかなじむことができないのだ。竹内、サルトルさえも、といいたい。／オプティミズムと〈予定調和〉が終るところから認識が始まる。

最晩年の小山俊一は、このような認識に達していた。小山の死はこのほぼ二カ月後のことである。

追記1

私は日本大学芸術学部文芸学科の非常勤講師として出講している。二〇一二年度の「戦後精神史」をテーマとした講座（三年・四年生対象、他学科公開講座）のなかで、ある時、本稿の「2」の部分を中心に「小山俊一　自己教育と自己欺瞞」という話をした。また人間とは「さまざまな〈事実〉と〈つもり〉とで合成された本質的には自己欺瞞的な存在」の例として、私と永山則夫を対比して説明した。

〈単なるウソの段階　本人もウソとわかっている〉
近藤洋太〈つもり〉詩人・文芸評論家
〈事実〉年金生活者・大学非常勤講師
〈ウソが進んで自己欺瞞となった段階　腹の底では本人もウソとわかっている〉

永山則夫　〈つもり〉追いつめられ世界に反抗した革命的ルンペンプロレタリアート
〈事実〉罪の無い市民を四人も殺した犯罪者

講義のあとで、学生たちにリアクションペーパーを書いてもらった。小山俊一の「自己欺瞞論」は難しいかもしれないと思っていたのだが、学生たちはもどかしくも自分のことにひきつけて考えてくれた。いまでも小山の思想は、ある普遍性を持つのだと確信した。以下にその反応の一部を紹介する。

文芸四年　男　多くの人が自己欺瞞をやっていることに、ホッとしてしまった。自分をだますとか、自分にウソをつくとか、自分でやっていることを分かっていて、「自分にウソをついている自分」がなにかとても矮小ではずかしいと思っていた。話を聞いて、そういえば皆やっていることなんだと少し安心した。

文芸四年　女　どんな職業も自分をきたえる面と歪める面があるという話が印象に残った。自分もこれから社会に出て行くと、きたえられる反面、歪んでゆくのだろう。客観的に自覚することが難しいのだろう、と思うと自分が自分でなくなっていく不安を感じた。私は自分が自己欺瞞的人間になることが怖い。「何も考えず、行動する」という面に欠けているという自覚はあるが、自分の正体をみた気がする。

写真四年　女　講義のはじめに先週のリアクションペーパーの一部が紹介された。永山則夫の善悪の基準がおかしい、命と向き合っていないという意見に、私の頭のなかにあった違和感がぬぐい去られる思いがした。永山には、自分の罪をすべて受け入れることはできなかった。自己欺瞞で武装しなければ、生きていけなかったと思った。

文芸三年　女　今、書いている小説は、主人公と、主人公と同じ顔同じ声を持つ他者を登場させている。言葉と行動が相反する主人公は、同じ顔と声を持つ他者と対話しながら、自分を理解しようとする。そんな物語を書いている。小山俊一と出会って、近藤先生は「世界の見通しのよさ」を得ることができたという。私も、今日、同じような感触を得た。自分の書いているもの、自分の悩みに普遍性があることを確認できた。

文芸四年 男　自分の内側に入ってしまったウソを自己欺瞞という。これは大事なことだ。自己欺瞞とは、自らを成長させる無意識のことなのだと思った。

放送三年 女　自己ぎまんの意味を知った時、とてもハッとさせられた。自分の立場を守るため、自分の心を傷つけないため、私は何度も自分の心をあざむいてきた。自信をもつために自分を正当化してしまうのが人間でもあると思う。けれどもそれをくり返せばくり返すほどむなしく思えてくる。はりぼての自信。そんな人間になってしまうのは怖い。小さなことでも自分をごまかさずにいることは大変だ。でもそれが本当の自信を身につける大切で唯一の方法なのだろう。

文芸四年 女　先週の授業がきっかけで永山則夫の『無知の涙』を読んだ。10冊のノートの中で、今回の授業で言えば自己欺瞞と思えるようなことと、自分が4人を射殺した殺人犯に過ぎないという思いを交互にくりかえし自問自答していた。人間は言葉と行動のはざまで自己欺瞞にゆれる。私には『無知の涙』の新しい読み方ができそうだと思った。

追記2

死刑判決を受け、自ら控訴を取り下げた佐々木和三被告に関わって、以下のことを記して置く。二〇〇一年六月八日、大阪教育大学附属池田小学校で、児童八名を殺害、児童十三名、教諭二名に傷害を与えた無差別殺傷事件が起きた。犯人の宅間守は、〇三年八月二十八日、大阪地裁で死刑判決を受けた。弁護団は控訴したが、九月二十六日、宅間自ら控訴を取り下げて死刑判決を確定させ、早期の死刑執行を望んだ。翌〇四年九月十四日、死刑が執行された。私は死刑が執行されたのち、（つまり本稿が「樹が陣営」に掲載されたあと）宅間が早期の死刑執行を望んでいたことを知った。彼が精神を病んでいなかったことを前提に書くが、小山俊一は、宅間の言動にも「驚嘆」し「震撼」されるだろうか。私にはやはり生きること（考えること）の放棄としか思えないのだ。

註1　小山俊一については、今日、知られることが少ないと思われる。本文と重複するが、簡単に経歴を紹介しておきたい。小山は、大正八年（一九一九年）、福岡県門司市に生まれ、直方市で育った。旧制福岡高校から九州帝国大学農学部に進学、昭和十四年（一九三九年）、「こをろ」創刊に参加した。同誌が十九年（一九四四年）に十四号で終刊するまでに、いくつかの哲学に関わる論文を発表した。昭和十八年（一九四三年）、陸軍軍属としてボルネオに赴いた。敗戦後捕虜となり、昭和二十一年（一九四六年）復員。戦後、中学校の教師などをしながら、昭和二十七年（一九五二年）、日本共産党に入党。同年、旧「こをろ」の同人の一部と左翼的傾向の強い同人雑誌「現在」に参加。昭和三十五年（一九六〇年）、共産党から除名処分を受けた。六〇年安保闘争では、共産主義者同盟（ブント）に参加。昭和四十三年（一九六八年）より個人通信「ＥＸ－ＰＯＳＴ通信」を発行。以降、最晩年にいたるまで、断続的に個人通信を発行し続けた。昭和四十七年（一九七二年）、東京を離れ、和歌山、愛媛に隠遁した。一九九一年没。著書に『ＥＸ－ＰＯＳＴ通信』（弓立社、一九七四年）、『プソイド通信』（伝統と現代社、一九七七年）、『私家版・アイゲン通信』（一九八二年）、『Da 通信』（高橋源一郎編集・発行、一九九二年）。このほかに『私家版・敬愛する人からの手紙Ⅰ、Ⅱ　小山俊一書簡』（小山内俊隆編、一九八九年、九三年）がある。

註2　小山俊一の日記及び抜書きノートは、小山が亡くなったあと、鎌田吉一が小見山敦子を訪ねた際に託された。倉田昌紀は、その原本をコピーしたものを私に借用させてくれた。小山の一九八九年十月九日の倉田氏宛の便りに「生活――「終末」をめざして／本を売り払い（友人が「ガレージセール」というのをやってくれました）、病人にベッドを買い、ペイパーズを一掃（日記、原稿、ノート類、いっさい焼却）、荒れた庭を少しずつ手入れしながら、「たのしんで暮らすこと」につとめています」（『私家版・敬愛する人からの手紙Ⅱ　小山俊一書簡』）とあり、これら八冊の日記、抜書きノートは、なお廃棄されずに残ったものと思われる。

（初出「樹が陣営」二十七号（二〇〇四年六月）に追記１・２を加筆、『人はなぜ過去と対話するのか――戦後思想私記』二〇一四年二月、言視舎）

作品論・詩人論

対象との純潔な劇

粟津則雄

近藤洋太がものを書き始めたのは、行動への楽天的な夢と、行動への幻滅が生み出した自閉症的な心の動きとが、時にはある苦さをはらみながらも、いずれもおのれの特質を正確に見定めることなく、あいまいに浮遊し、中途半端にからみ合っていた時代である。彼の第一詩集『もがく鳥』を見てもそういうことがよくわかるが、それは、この詩集が、そういう時代の傾向の単なる反映であるというようなことではまったくない。それどころか、そこには、おのれを取り巻く人や生きものや物や事象にじかに触れたいという灼けつくような意志と、そういう意志が強ければ強いほどそれらから遠ざけられるという孤立感とが結びついて、ある静けさが沁みとおった純潔な劇がある。ここには、現在に到るまで変ることのない、彼の詩のもっとも奥深い内的動機が、端的に立ち現われているようだ。もちろん、このような劇は、あいまいな繰り返しを許さない。彼は、刻々に新たに全力で対象に追付こうとし、その度毎に刻々に新たにそれらから拒まれ、それらから突き離され続けるのだが、ふしぎなことに、そのような動きを通じて、対象はその深さと厚みとひろがりを増し、それに応じて、それらに近付きそれらから拒まれる動きそのものも、微妙にその表情を変えるのである。彼の詩集には、しっかりとしたスタイルを打ち立てていても、まるでそういうスタイルの永続性を打ちこわそうとでもするかのように、別種のスタイルが、時にはひそやかに時にははっきりと入りこんで来るようなことが見られるが、すべてこういうことのあらわれだろう。抒情的な詩句に、寓話的な記述が続き、あるいはまた肉親や、友人や、知人が、時には叫ぶように、時にはうめくように呼びかけられ、時には、ある静けさの沁みとおったおだやかな光のなかで回想される。そしてこれらすべてが厚みのある生を形作るのである。近藤洋太は、その近作においては、時としてある危うさを覚えるほど散文脈を導入している。散文脈どころか、詩ではなく散文として読み過ごしかねない。だがこれは、彼のなかのあの純潔な劇が消え去ったということではない。対象にじかに触れようとする意志にもっとのびやかな自由を与えようとしただけのことだろう。それによって、対象の鋭く緊張した突出部だけではなく、ある混沌をはらんだ対象の全体を包みとろうとするに到ったというだけのことだろう。このとき、対象は、それらにじかに触れたいという意志を一方的に拒否するものではなくなる。それを受け入れながら、奥深いところから生き生きと身を起す。作者は、彼を取り巻く人や物や事象にごく自然に寄りそっているだけのように見えるが、実はそうではない。それらを語る、一見いかにも平明な作者のことばに身を委ねているうちに、突如としてそのなかから、みずみずしい歌や激しい叫びが身を起す。かくしてわれわれは、驚異をはらんだ日常とでも言うべきものに直面するのである。

（2016.7）

生きる言葉を探す旅

佐藤洋二郎

人間の感情ほど摩訶不思議なものはない。不安や期待、絶望や憧憬など様々な感情があるが、それらのことを制御して生きるのは大変に難しい。どんな理屈や理性よりも感情がまさることがある。そもそも古代梵語で摩訶というのは、たくさんとか非常にという意味だ。不思議とはわたしたちが懸命に考えても理解できないことを指す。その最たる人間の感情を言葉で捉えようとするのが文学だろう。

近藤洋太は混沌としたその感情を、詩によって捉えようとしてきた。彼の詩人としての出発は早い。久留米の高校生の時にすでに詩に耽溺し、恩師で詩人でもあった永田茂樹の主宰する「歩道」に参加を促された。「歩道」は丸山豊が主宰し、谷川雁、安西均、川崎洋、森崎和江らが参加した「母音」の後継誌と目されていた。

そして進学のために上京してくると、直に作家で俳人の眞鍋呉夫の知遇を得ている。「四十三年前　思いがけず石神井のお宅にまぎれこんで／長きにわたって謦咳に接してこられたことを／わが人生の僥倖と思っています」（「果無」）と十代の終わりには、ながい師弟関係となる眞鍋呉夫と出会い、改めて詩人になることを決心している。

人と出会えば必ず言葉が介在する。言葉は生きる指針になるし、それを頼りに生きてもいける。まして自分が相手を敬愛していたり、尊敬していたりすると、言葉は素直に心に響いてくる。一人の人間を知れば新しい世界が広がってくるし、一つの言葉を覚えれば別の世界が見えてくる。近藤洋太と眞鍋呉夫の関係はそういったものだったのだろう。

わたしは人の運は人との出会いで決まると考えている。いい人物と知り合えば未来が拓けるし、その逆もある。そして才能は地下資源で、他者が発見してくれるものだ。眞鍋呉夫が若い近藤と交流を持ったのも、まだ眠っている才能を見つめていたからではないか。彼が詩人として生きてきたのも、眞鍋の言葉が導いてくれたからだ。

近藤も若い頃には「あなたに似たひと」「なぞる」など女性を恋する詩をうたっている。こどもが生まれればその喜びを「溢れる光を」に、中年になり郷愁に駆り立てられると「筑紫恋し」「帰郷」を、カフカの生活環境を知り、何度も辞職を踏みとどまる「カフカの職場」、退職後に大学の講師になると「棺桶リスト」など、ここには決して声高にうたわず、自己の内面に向かっていく静かな情熱と、常に自分が何者かという問いかけがある。若い時の甘い詩の世界も、年齢を重ねていくと苦味が増してくる。苦味は大人の味なのだ。ほぼすべての作品で生活や自身の生き様を詠んだ本書は、近藤の「私小説」とも言え、ここには彼の人生の軌跡が詰まっている。

近年の彼の姿を思い浮かべると、まっさきに学生たちに取り囲まれて飲んでいる姿が見える。木曜日の午後六時。場所は学生街の江古田の居酒屋。そこが彼の「課外授業」の場所でもあるのだ。近藤は一、二時間そこにいて店を後にする。それから一人でスコッチを飲ませるバーに行くが、学生たちとの交流の余韻を愉しんでいるようにも見える。眞鍋と自分の関係や故郷のことを思い浮かべているのかもしれない。

人間の一番断ち切れない感情は郷愁だと感じているが、近藤はいい思い出の中に浸っているようだ。たった一人の友、たった一人の女、そしてたった一つのいい思い出を得るためにも、懸命に生きなければならないというようなことを、イギリスの劇作家のチェスタートンは言ったが、彼はそのことを実践したから、いい思い出を持つことができたのだろう。

その近藤のことを、学生たちは悪意がない、面倒見がいい、偉ぶらない、お茶目だと笑うが、孫にも等しい学生たちに好かれる人柄は、まさに好漢と言えるだろう。だがその茶目っ気のある目で、混沌とした感情を捉え、深く人生を見つめている。この詩集から改めて人生は言葉を探す旅だと教わった。

近年、近藤洋太は六十歳をすぎてから詩作・詩論・評伝と、身の内に溜まったエネルギーを爆発させるように書いているが、若い頃から決して言葉を手放さなかったこの人物は、ふと大器晩成の詩人ではないかと思わせられた。

（2016.4）

「衰えていく力」の成熟

山本哲也

詩集『水縄譚』は、仮構の都市水縄をめぐる六篇の散文体の譚詩を巻頭に、四部構成となっていて、最後にくるのは、一九七二年から一九九〇年までの日付けをもった「夢日記抄」である。この「水縄譚」と「夢日記抄」があたえるザラッとした夢の感触。こいつはどこからくるのだろう。

「世界」に対する、夢に対する、他者に対する、つまりいっさいの外部に対する内的な関係からそいつは来ているらしい。たとえば夢。その細部の輪郭は際立って明瞭なのだが、にもかかわらず、そこから寓意や象徴性は締めだされている。意味は捨てられている。

別な角度からいえば、それは外部に対するみずからの「衰えていく力」を知ることから来ている、そうも言える。「悲しいことだな／不意うちに衰えていく力を知らされるというのは」「だけど衰えていく力を知ってからじゃないのか／ひとの魂とザラッと触れあうことができるのは」（「五月三十五日」部分）、この二つの引用の「だけど」という一語に、近藤氏は、人間の、詩の、「成熟」をひそかに賭けているのだ。

かつて近藤洋太は、希薄な現実、なし崩しにひとを「夢殺し」に加担させていくような日常に、少年冒険小説にあるような生の「勇気」を刻みつけようとした。同年生まれの荒川洋治の「世代の興奮は去った」という一行に対して異和を抱きつづけることで、「世界」に対する関係の異和を表明したことがある。

そういう「勇気」や「関係性」という意味のたて方に対して、この詩集の近藤氏は、一種平然と構えているようにみえる。「衰えていく力」を認め、いっさいの外部を、強いてくる「生の構造」そのものとして抱えこもうとしているからである。

たとえば、四部構成の最初のパートのなかの一篇「香月サーカス」にそれはよくあらわれている。

安普請でベニアがところどころ剝がれ、いつも便所の臭気のする日当りの悪いアパート、そこに香月サーカスの一団が暮らしている。「わたし」も同じアパートの一室にいる。団長の娘の双子の姉妹がアパートの庭先で、綱渡りの稽古をしている。落ちるたびに、団長が少女たちの腰や背中を激しく青竹で叩くと、まるで鶏のようなクワッという悲鳴をあげる。「……ある真夜中、わたしは用足しに起きて、姉妹の部屋の前を通りかかった。その時、クワッというあの悲鳴を聞いたような気がした。細く開いているドアからなかを覗いた。団長がふたりに交互に馬乗りになる恰好で交合していた。また悲しげなクワッという声が聞こえた。

ほどなくわたしはそのアパートを出た。わたしはその一団にどんな関わりをもつ人間だったのだろう。香月サーカスが今も興行をうっているのか、それは知らない。」（後半部）

近藤氏は、「わたし」はその一団とどんな関わりをもつ人間だったのだろう、と書きつけているだけであり、細く開いたドアからみた父子相姦を、強い喚起力にみちた線で描いているだけである。関わりに意味などありはしない。否応なく「わたし」にやってくる外部を、つまりはわたしたちの生の構造はそういうものなのだ。「衰えていく力」がザラッとした感触とともに触れたのも、そういうものにほかならなかった。

（「現代詩手帖」一九九四年二月号）

ああやってこいどんな夏でもいいから*　添田馨

――近藤洋太の詩的世界

I

私たちの現代詩が、もはや過ぎ去ってしまった記憶の現在形において、驚くほど鮮明ないろどりの切断面を見せてくれる瞬間が、たしかにある。詩を読むという行為の一回性、その陶酔と共感がもたらす、自分ひとりだけのひそかな高揚感。同時にそれは、かつてその詩を書かしめた時代の、過ぎ去ってしまった確かな息吹を、言葉を介して何度でも辿りなおすことのできる秘密の通路によって、つねに現在という岸辺に送り届けている。

過ぎ去ってしまった幾多の詩行を読むことは、だから単なる過去をではなく、今を生きている私たちの呼吸に重なるところの、まったく新しい言葉の次元をきりひらく行為なのだ。ひとりの詩人の仕事を追いかけるとき、私たちはただ時間の経過をなぞっているのではなく、それらの言葉が指し示す〝生きられた世界〟の全体性に、じつは向き合っているのである。

近藤洋太の初期の詩篇に顕著なのは、生きることの不如意さに必死で抗おうとする抒情表現へのたゆまぬ意志である。例えば、それは閉じた卵殻をくい破り、羽化しようと肥大していったロマン性が、凍てつく外気と初めて反応するさいに覚える、言葉の痙攣的な感触だと言ってもいい。

第一詩集『もがく鳥』の諸詩篇は、その詩的出発の方位が、時代状況にむかう彼の感性の、二重にも三重にも屈曲した理路に沿って敷かれていたことを告げている。

水のない湖でもがいている鳥をみても決して騙されるな
街がもう胸もとまで浸されているというのに
ぼくの胸のあたりにまでおし寄せる波が確かに聴こえるのに
どうしてもぼくは触ることができない
ぼくには視える
少しずつけれども正確に狂いはじめる朝が
やってくるんだきっと
街の扉という扉を蹴破って一斉に水がなだれこんでくる夜が
（「もがく鳥」一・二連）

〈戦後〉によって傷ついた世代というものがあるように思う。その世代というのは、これまで系譜化されることも、明示化されることもなかった代わりに、自分たちを、前後する世代と区別して殊更に主張しなくてはならぬ、そんなジャーナリスティックな要請からも無縁であった。

具体的には、〈戦後〉を性格づけていた諸々の与件がほぼ終息する一九七〇年代を通して、〈戦後〉的であることを自己のポジティブな足場となしえず、しかし一方では〈戦後〉体験の残影を痛々しく引きずりながら、生活者としてそのままそこで成熟することを余儀なくされた狭間の世代だと言えよう。

殻の内側を喰いつぶし喰いやぶって
やつらそこでいつも居直るんだ
卵は成長しても卵だと
次第にふくれはじめ巨大な卵となって孵化するその朝
まで

週のはじめからおわりまで
魂の中心からサンドバッグをぶらさげて
昨日を殴れ今日を殴れ明日を殴れ
けれど砂ばかりだ畜生！

（「憎悪週間《ヘイト・ウィーク》」一・二連）

全篇がソネット形式のこの『もがく鳥』には、内部にうずまく怒りに似た感情をなかば強引に十四行のなかへ封じ込めた感の、こうした作品がある。内向する「夢」と日々の生活意識とのギャップにおいて、世界との対峙が避けようもなくやってくる瞬間の、感情的なささくれを表出した箇所であるだろう。

この世代の特徴をひとことで言うならば、彼等は〈戦後〉と〈戦後＝以後〉の端境期にあって、そのいずれの時代の側にもアイデンティファイできないまま、無名の生活者として自分たちの生存の場所、暮らしの拠点を、個々に意図して選び取っていかざるをえなかった単独者たちだったことだ。もっと言うなら、彼等はみずからの出自を、どうしようもなく〈戦後〉的なものの内に持ちながら、そこからの脱却をつねに志向しつづけるしかない精神の履歴を、たがいに共有した者でもある。

これまで誰によっても名づけられてこなかった彼等は、戦後現代詩の時間軸上でゆいいつ所在不明であることを共通項とした、いわば黙せる世代だったと言ってもいい。近藤洋太は、こうした世代に属する比較的初期の書き手のひとりだったと言える。

近藤が故郷の久留米から上京し、中央大学に入学したのが一九六九年。「すでに大学を席捲していた日大・東大闘争を中心とする学園闘争を認識していた」と彼はエッセイ「工作者の値札」のなかで書いている。「本気で権力と闘っている学生がいる。そこに感動する何かがあり、私を奮い立たせるものがあると直感した」（同）とも述べられるように、その青春期の「夢」の往路が、彼の場合、どっちの方角に走る導火線だったかはこれらの記述からもはっきりと読み取れるだろう。ここに、近藤洋太の文学へとむかう青春前期の助走路も、明確に示されていたと言える。

　こうした経緯に重ね合わせてみるとき、「冒険」の二文字は、彼の初期の詩群のなかではなんとも切なく哀しい響きを際だたせる、ひとつの符牒のように映る。なぜなら「冒険」とは〝遠くまで行く〟行為いがいではないからだ。その意味で、第二詩集『七十五人の帰還』は、誰でも一度は読んだことのあるさまざまな冒険物語に託して語られた、〈出発〉と〈帰還〉の精神地図をめぐる、もうひとつの時代のドラマが確かに存在したことを暗示する。

「十五少年漂流記」「トム・ソーヤーの冒険」「ガリバー旅行記」「ロビンソン漂流記」「ハックルベリー・フィンの冒険」「宝島」など、懐かしいタイトルをもつ詩作品がそこにちりばめられている姿は、きわめて象徴的である。物語の細部はもう忘れてしまってはいても、彼等物語の主人公たちといっしょに巡った大海原、洞窟、絶海の小島などの記憶は、少年期の想像世界をいやがおうにも膨らませたに違いない。そうした〝彼方〟への誘いがこれらの詩の初発のモチーフを隈取っていたのは確かだとしても、しかし、そこで謳われているのは一様に、そうした「冒険」旅行から「帰還」する者たちのずぶ濡れの姿なのだ。

だがきみにはどうしようもなくみえるのだ
ベンホー提督亭の日々のなかで
鮒みたいに白い腹をかえして死んでいる自分が
チーズの夢を見続けつらい夜をくぐるベン・ガンも
三、四百ギニーしか奪えずに遁走するジョン・シルバ
ーも
きみからは芥子粒ほどに小さくなって遠ざかって
ようそろ　ようそろ　ようそろ
林檎樽にもぐりこんだままのジム・ホーキンズは
屋根の高さほどもある波のしぶきでずぶぬれになりな
がら

とぎれとぎれの胴間声の唄にあわせて唄いだす
〜七十五人で船出をしたが
　生き残ったはただひとり
（「宝島」三・四連）

「ジム・ホーキンズ」とは、詩作品において造型された作者自身の分身像として、これを読むことが可能だろう。同様に「東海岸」をめざして「地を這う」鳥に進化した十五人の少年たちも、「山賊になるには一日だけ遅すぎた」トム・ソーヤーも、「ずぶぬれの毛布にくるまって」朽ち果てていくガリバーも、「どこにも漕ぎだせない」丸木舟に鉋《かんな》をかけるロビンソン・クルーソーも、「溺死体」となって流れていくハックルベリー・フィンも、これら主人公たちすべては作者が、おのれのなにがしかの分身としてここに登場させたものだと考えてよい。

　彼等は共通して、見返りのあまりない冒険でだいじな何かを失うとともに新たな冒険へと賭ける人生時間からも見放され、またその一方で、過ぎ去った日々の胸躍らせた記憶からもいまだ自由になれないという、いわば時代の中空に引き裂かれたままの存在に他ならなかった。

　だが、そんな彼等にも、覚悟すべき本当の「帰還」の日は唐突にやってくるのである。詩集の後半におかれた三篇、「つらい夢をふり払って」「溢れる光を」「武蔵野操車場」の諸篇は、近藤においてその「帰還」がいかなる位相のもとに訪れたかを物語る好個の類例である。

　ひとつには、青春の死者の問題がある。戦後詩は、各時代にそれぞれ固有の〝青春の死者〟を孕んできた。鮎川信夫における「M」、吉本隆明における「少女」、佐々木幹郎における「死者」など、彼等は、これまでも詩の中核的なモチーフをしばしば形成してきたが、そうした死者の存在が、ひとつの時代の終わりあるいは始まりを思想的に断言してきた事実は、私たちの詩の歴史においてとりわけ重要な意味を担ってきた。「――故M・Hに」の献辞のある「つらい夢をふり払って」は、まさにそうした〝死者〟の近藤洋太における固有な顕われを断言した作品であり、詩的な転回点の在り処を明確に示したものだ。

　それとは対照的に、詩「溢れる光を」は、長男誕生の百日後に撮られた家族のスナップショットをモチーフにした作品である。これは詩人にとって「冒険」からの帰還が、いかなる場所への着地を結果したのかについて、ひとつの近況報告を試みた絵葉書のような作品だと言っていい。この詩が孕んでいる時間のベクトルは、あきらかに未来時制の語りとなって現われている。すでに見えなくなっている「死者」の影と「溢れる光」との対比が、ここでは、まぶしいコントラストを描き出している。

そして詩「武蔵野操車場」は、まさにひとつの時代の区切りに立たされた詩人の、過去からも未来からも分断された固有の〈現在時〉を、あらゆる「夢」をそぎ落としたリアルに徹するさめた視線で捉えきった、モノクロームの風景写真のようだ。武蔵野操車場は、一九七四年から一九八六年まで埼玉県三郷市と吉川市にまたがって実在した日本最大の貨物列車用の操車場であり、現在は巨大なショッピングセンターになっているが、当時は南北に線路をまたぐ長大な陸橋があった。詩人は、この橋上にあって、流れていく貨車の群れに思いを馳せている。

悲鳴に似た鋭く細い汽笛
するとあたりが急にざわめいて
なにか必死に立ちあがろうとするものの気配
わかってるよ　あれは気配ばかりだ

視野のはしっこで
立ち枯れているセイタカアワダチソウ
わからない　それらがなにに拠って立っているのか
わたしはなにに拠って立っているのか

（「武蔵野操車場」三・四連）

操車場の心象風景は、みずからの来し方も行く末も見通すことのできない、冷えびえとした詩人の現在地点を、まさに二重の意味で表白している。そこは地名すら忘失した、ただ通過するものばかりが日々往来する所在不明の場所であるだろう。よしんばそれを家族的日常のおだやかな海に喩えようとも、その海底ちかくを流れる見えない沈黙の川はやはり実在するのであり、「ゆっくりと通り過ぎてゆく果てしない貨車の列」は実はそのことの可視化された換喩表現でもあった。そして――「わたしはなにに拠って立っているのか」――この終極の問いを発するに至ったとき、近藤洋太の詩的履歴の前期がしずかに幕を閉じていく「気配」を、私たちも思わず察知することになるのである。

2

近藤洋太の詩と批評をぜんたいとして色濃く特徴づけているのは、おのれの詩の原郷への永劫的回帰のモチーフである。空間的にとらえれば、それは故郷である福岡県久留米市およびその幻想上の架空の地名である「水縄市」への回帰志向へと重なり、また時間的にとらえれば、近代主義批判およびその延長におかれる「戦後」批判の思想的文脈に連なっている。

詩作と並行して進められた近藤の評論活動は、単著としては『矢山哲治』がその最初の成果にあげられるが、その「あとがき」で、近藤は「私たちが受けた教育ではわからなかったあの戦争を、矢山哲治という存在に象徴させて読み解いてみたかった」と、執筆にいたるみずからの動機を述べていた。矢山の活動拠点が郷里にちかい福岡市にあったことも、彼に矢山を近しい存在として関心を抱かせた一因になったのかもしれない。

近藤にかぎらず多くの全共闘世代の人間にとって、第二次大戦とその惨禍は、ちょうど年代的に自分たちの「父の世代の物語」（同）に他ならなかった。彼が戦後民主主義という神話、その物語構造に最初に疑問を持つようになったのは、竹内好の「戦後の二重構造」論を知ったときだったという。あの戦争が、アジアに対しては百パーセントの侵略戦争だったとしても、米英に対してはフィフティフィフティの帝国主義間戦争であり、従って、わが国が全面的に道義責任を負うような「悪い戦争」ではなかったというのが竹内の歴史認識であり、それは〈戦後〉的なもの、例えば文学者の戦争責任を一面的に糾弾した戦後左翼に代表される風潮について、批判的な一石を投じる内容だった。

みずからもその渦中に身をおいた「全共闘運動」について、彼は評論集『反近代のトポス』の同名の批評作品のなかで、次のように述べる。

……今にして思えば、あの全共闘運動は、戦後総体に大きな疑問符を突きつけた闘いではなかったか。戦後という近代を前提として生まれ育った世代の身悶えしながらのその否定、そうした側面をもつ闘いではなかったか。戦後という近代の恩恵をこうむりながら、同時に近代そのものを否定しようとする矛盾を孕んだ一種の戦争ではなかったか。無論それは気配だけにとどまった。今日、だからあの騒乱はなにも生みだしはしなかった。間違っていたといって小賢しく口をぬぐうものは、なにを得心したいのだろうか。「逆にかちとったある核のようなもの」こそが、依然として私の課題であるのだ。
（「反近代のトポス――保田與重郎と敗戦」より、傍点引用者）

引用文中にある「逆にかちとったある核のようなもの」とは、桶谷秀昭「保田與重郎論」のなかの一節――「人が時代に支払うことを強いられた痛苦や労苦についていうなら、その量ではなく、じつは支払ったようにみえて逆にかちとったある核のようなものしか問題ではない」――から取ったものだ。

じつは私は永いこと、近藤洋太と保田與重郎の最初の接点がどこにあったのか、それほど分明ではなかった。だが、今回引用した彼の論考をあらためて読み直しながら、そのきっかけが、左翼セクトを離脱したメンバーによって、一九六八年十月に創刊された学生同人誌「遠くまでいくんだ……」に掲載された、新木《しんき》正人のエッセイ「更級日記の少女――日本浪曼派についての試論1」に触発されてのことだと知った。現在の視点からすれば、私が確信を持って言いうるのは、ここにこそ、近藤が政治世界から文学世界へと参与することになる、ごくささやかではあるが決定的な精神のドラマの一端があったのではないかということである。それは「アジビラに近い文章」（近藤）だったと自身で評しながら、だからこそ、「遠くまでいくんだ……」の言葉は理性よりも彼の感性に、より強く訴えかけたのだと思う。

そして、さらに深読みを許してもらうなら、近藤はそこに思想を読み取っていたというより、詩（革命的ロマン）そのものを感じ取っていたのではないか。彼が後になって、全共闘運動が生み落としたこの「遠くまでいくんだ……」を「欲望自然主義」と呼んだことは、この雑誌の存在そのものがまぎれもない〝詩〟であったというのと別のことを言ったとは思わないのである。

例えば詩集『七十五人の帰還』と第三詩集『カムイレンカイ』とのあいだには、それまでの詩風との大きな断層の走っている様子が明確に見て取れる。ここに、「冒険」と「帰還」をめぐる経験的な亀裂があるのは、間違いのない事実だ。果たしてそれは、いかなる性格のものだったのか。

近年、彼が主宰する同人雑誌の座談会で述べた次のような発言が、私にはひとつのヒントを与えてくれるように思う。

僕が学生の時、最後に参加した集会、デモは、一九七一年六月十七日、千駄ヶ谷の明治公園で開かれた沖縄返還協定調印阻止闘争だったんです。その夜、はじめて機動隊に向かって爆弾が投げられ、機動隊員多数が負傷した。デモ隊が作ったバリケードの向こうが、一瞬真っ赤に染まって、あたりがシーンとなった。ずっと後になって、上久保（正敏）君とこの話をしていて、シーンとなったその夜の記憶が一致したんです。あの時、これはもうだめだと思って、それからずっとデモに行けなくなった。

（「スタンザ」十号、二〇一五・十・二十）

六〇年代後半から七〇年代への移行期において、全国的に波及した学園紛争（全共闘運動）とベトナム反戦運動等の盛りあがりを終息させたのは、一般に、一九七二年の連合赤軍事件だったとされる。だが、私は近藤にとって、この七一年の明治公園でうけた衝撃こそが、連赤事件にも匹敵する彼自身の大きな転回点だったと思うのだ。

近藤洋太の中期以降の詩業の特徴は、その叙述内容と記述形式において、大胆な物語構造を採りいれていった点にある。特に、その散文詩型は、前期の詩作品で主流だったパトス的な覚醒から転じて、どこまでも架空のエートスの水脈へと身を委ねていこうとする詩人の無意識の衝動、表出意識の大がかりな地殻変動の生起を感じさせるものだ。

〝帰郷〟というテーマは、近藤の中期以降の詩業において、ひとつの重要な主軸となる。だが、彼の詩意識は何の前提もなく、そこにいきなり飛び移ったのではない。

詩集『カムイレンカイ』は、前期から中期にいたるちょうど境目にあって、当時、詩人を襲っていた生存上の危機の諸相をとても露わに示している。前二冊の詩集で顕著だった〝帰還〟というテーマが息をひそめ、日々の暮らしにおける生活意識の分裂の事態が、彼を昼夜なく襲っていたものと思われる。例えばそれは、現在の自分の生活事実の他に、自分の知らないもうひとつの生活事実がどこかで間違いなく存在しているといった、統覚異常の意識となってはっきりと詩のなかに現れている。「もうひとつの生活」や「愛の深夜便」「面影橋を過ぎて」などの諸篇は、表現意識のそうした症状の裂目に、きわめて不安気に宙づりになったままの作品だと言えるだろう。

譚詩という形態は、したがって、詩人がみずからの表現意識の原理的な危機を回避するために、必然的に選び取った詩法の最終形だったと言える。どこか『遠野物語』の語り口を想起させるような『水縄譚』及び『水縄譚其弐』の二冊の詩集（本文庫では〈定本 水縄譚〉として一本化された）は、そうした内部葛藤のすえに到達された、まったく新たな詩的境位であったのだ。というのも、譚詩は、中期以降の近藤の詩の主軸をなす〝帰郷〟というモチーフを、原理と方法の両面からはじめて全円的に作品化することを可能にする万能の筆法だったからである。

昔日ニ比シテ、我ガ故郷ハ大キク変貌ヲ遂ゲタルモ、ナホヒトツノ通リ、ヒトツノ町ノ名、村ノ名ニモ、無名ノ人々ノ生キシ思ヒ出ハ存ス。我レ彼ラノ生キシ証ヲ著サント思ヘリ。筆ノ拙キヲ顧ミズ、彼ラノ魂ヲ鎮メ、彼ラヲシテ安ンジテ再ビ水縄ノ野辺ノ名モナキ一木一草ニ戻サント。願ハクハ我レモソノナカニ加ハランコトヲ。
コノ草稿ヲ、夢ノ中デシカ還ルコトノ叶ハヌ我ガ水縄ニ献ズ。楠ニモ櫨ノ若葉ニモ光ノキラメキアレ、風ノザワメキアレ。

詩集の「序」は、このような前口上で締められる。ここで語っているのは果たして誰なのか。譚詩のスタイルを採用した時点で、すでに語りの本質はその幻想の土地に根づく非人称の超越者（Genius）に委ねられたと見るべきだろう。詩人はこうして非人称の話法を獲得することで、みずからを苦しめてきた表現意識の分裂——恐らくそれは、もうすでに帰り着くことのできない故郷と、現在の自分の生活圏域との時空間上の分裂に起因していた——を、あたかも「近代」を超克する身振りで、初めて乗り越えることができたのである。

本詩集には、姉と弟の情死事件をはじめ、そのふかい情愛を主題にとった作品が四つも入っている。この事実はいったい何を意味しているだろう。もし「水縄」が詩人にとって自我分裂のない完全融和の異界であり、万象が合一化を果たす超時間的な原郷であったのなら、男女の愛のかたちもまた、性愛を介さずに血縁が完結し、死においてその純潔が証しだてられるところの姉弟関係を、このように至上視するところまで構想が深化したのだと確信する。

近藤洋太にとって中期以降のじぶんの詩は、まさにあの、かつて時代の側へ支払わされたように見えて「逆にかちとったある核のようなもの」に他ならなかった。青春期における深い喪失感を抱えこんだまま、ともあれ彼の〈戦後〉はこうして成熟の固有なかたちを手にし得たかに見える。

だが、この国の〈戦後〉を否定し、同時にその〈近代〉性を否定し、「父の世代の物語」だったあの戦争をみずからの文学と思想において否定したとき、そこにどうしてもおのれの存在の受皿として対置されるべき〝母の物語〟が絶対になければならないだろう。

今日母は確かにやって来た

袴とともに私の家にやって来た
わたしをなぐさめにやって来た
母は昔の水天宮通りをわたしと歩いた
そして生まれ変わってもわたしたちの母親でいたいと
　言ってくれた
わたしの眼から涙があふれた
とめどもなく　静かに涙が流れた
母がもうこの世にいないのだという当たり前のことが
痛いほど分かった
涙が流れるにまかせて　わたしはずっと母の袴を見上
　げていた
（「母の袴」より、『筑紫恋し』所収）

詩集『筑紫恋し』では、こうして「母」が、詩のなかで新たに出会われることになる。「夏」は、「ツクシコイシイイイ」の蟬の声となって、彼のもとへ本当にやってきたのだ。詩人六十二歳のときのこの詩集は、いわば自身の来し方をふまえた肯定性の原理といったものが貫かれていて、成熟の度合いはある明確なかたちを示しはじめているのが特徴だ。「退職の朝」「棺桶リスト」といった作品には、「六十歳」という定年年齢が散文的な指数として登場するが、「六十歳」という時間表象は戦後時空の到達点ではなく、みずからの人生時間の結節点としての意味しか持たされていない。詩「走る男」に現われるドッペル・ゲンガーらしき人影と共に、詩人のなかで支払い済みの〈戦後〉は、こうして償却期間を無事に終えたのだ。

ちょうどそれに符節を合わせるがごとく、大地震はやってきた。〈3・11〉は、私たちの社会に重苦しい〈戦争＝以前〉の時代の到来を予感させる、画期の出来事だった。それはいまだ忘却の対象ではなく、〈現在〉性そのものとして君臨する不吉な沈黙のオブジェであり続けている。詩集『果無』は、いわば人生時間の時計の針がちょうど一回転してもとの場所に戻ってきた、そのような時間性において出現している。〈3・11〉とそれが重なって見えるのは、おそらく、ただの偶然ではない。

たくさんの性格を異にする死者たちがここには登場する。亡父をはじめ、無差別テロの、あるいは震災の犠牲者、また、ごく身近な突然の事故死者等々、こうしたテーマ構成は、この詩集が本質的に深い〝哀悼〟をその原理として持っていることと無関係ではないだろう。「わたしはこの世にとどまってあといくつかの仕事を完成させたい」（「果無」より）――これら死者たちからの視線を反射して、今後、どんな熱い「夏」が詩人に巡ってくるのか、予断はまだまだ絶対的に無用なのだ。

＊「悪い夏」より

（2016.5）

現代詩文庫 231 近藤洋太詩集

発行日 ・ 二〇一六年九月十五日

著 者 ・ 近藤洋太

発行者 ・ 小田啓之

発行所 ・ 株式会社思潮社

〒162-0842 東京都新宿区市谷砂土原町三―十五

電話〇三（三二六七）八一五三（営業）八一四一（編集）八一四二（FAX）

印刷所 ・ 三報社印刷株式会社

製本所 ・ 三報社印刷株式会社

用 紙 ・ 王子エフテックス株式会社

ISBN978-4-7837-1009-7 C0392

現代詩文庫 新刊

201 蜂飼耳詩集
202 岸田将幸詩集
203 中尾太一詩集
204 日和聡子詩集
205 田原詩集
206 三角みづ紀詩集
207 尾花仙朔詩集
208 田中佐知詩集
209 続続・高橋睦郎詩集
210 続続・新川和江詩集
211 続・岩田宏詩集
212 江代充詩集
213 貞久秀紀詩集
214 中上哲夫詩集
215 三井葉子詩集

216 平岡敏夫詩集
217 森崎和江詩集
218 境節詩集
219 田中郁子詩集
220 鈴木ユリイカ詩集
221 國峰照子詩集
222 小笠原鳥類詩集
223 水田宗子詩集
224 続・高良留美子詩集
225 有馬敲詩集
226 國井克彦詩集
227 暮尾淳詩集
228 山口眞理子詩集
229 田野倉康一詩集
230 広瀬大志詩集